U0450753

# 曼舞风尘

曼舞轻歌浮生若梦
美人一笑倾国倾城

章峥 著

北京燕山出版社
BEIJING YANSHAN PRESS

**图书在版编目（CIP）数据**

曼舞风尘 / 章峥著. -- 北京：北京燕山出版社，2014.6

ISBN 978-7-5402-3646-5

Ⅰ．①曼… Ⅱ．①章… Ⅲ．①长篇小说－中国－当代 Ⅳ．① I247.5

中国版本图书馆 CIP 数据核字（2014）第 191378 号

### 曼舞风尘

| | |
|---|---|
| 作　者 | 章　峥 |
| 责任编辑 | 涂苏婷 |
| 责任校对 | 石　英　王子佳 |
| 社　址 | 北京市西城区陶然亭路 53 号（100054） |
| 网　址 | http://www.bjyspress.com/ |
| 微　博 | http://e.weibo.com/u/2526206071 |
| 电　话 | 01065240430 |
| 传　真 | 01063587071 |
| 印　刷 | 北京京海印刷厂 |
| 开　本 | 787mm×1092mm　1/32 |
| 字　数 | 120 千字 |
| 印　张 | 6.625 |
| 版　次 | 2015 年 12 月第 1 版 |
| 印　次 | 2015 年 12 月第 1 次印刷 |
| 定　价 | 27.00 元 |

出版发行　北京燕山出版社 BEIJING YANSHAN PRESS

**版权所有　盗版必究**

昔者庄周梦为蝴蝶，栩栩然蝴蝶也。自喻适志与！不知周也。俄然觉，则蘧蘧然周也。不知周之梦为蝴蝶与？蝴蝶之梦为周与？周与蝴蝶则必有分矣。此之谓物化。(《庄子·齐物论》)

# 序

  《曼舞风尘》以一个现代人的视角讲述了唐代女诗人薛涛的故事。在隔世离空的梦境里演绎了一段唯美的爱情传奇。
  中国是诗的国度。唐代是中国诗歌发展的鼎盛时期，涌现出以李白、杜甫为代表的一大批优秀诗人。也出现了一位风华绝代的女诗人——薛涛。她的诗构思精妙，对仗工整，典雅清新，优美隽秀。其文学成就堪比宋代词人李清照。然而，中国古代诗坛的主流一直被男人所占据，女诗人则只是凤毛麟角。因此，薛涛在那个时代是孤兀的，一生充满了悲剧色彩。尽管她的才情与美貌冠绝一时，倾倒了无数文人墨客，但她还是没能站上正统文化的舞台中央。她只是在舞台边角匆匆跳了一段香艳的舞蹈，然后就离别了这个舞台，无声地消逝了。大幕落下之后，唐代诗坛已不再关注她那绝高的诗才，人们只把她看作一个妓女。
  提起妓女，很多人都会嗤之以鼻，认为她们伤风败俗，应予禁绝。但妓女的存在有其历史原因，因此历朝历代延绵不绝。在唐代甚至曾合法存在。唐代的乐籍制度，从某种程度上讲，就是一套制度化的妓女服务体系。唐代的文人墨客们并不以出入青楼为耻，相反却十分热衷。唐代妓女的文化素质比较高。高级妓女只卖艺不卖身，以歌舞伴宴、赋诗相娱为主业，因此妓女对当时的音乐舞蹈、诗歌艺术都有过一定的影响。文学作品中对待妓女问题，不应简单地回避，而应当从历史的角度去看待和描写。
  薛涛作为一代杰出女诗人，史书本该为其立传。但封建社会重男轻女，因此新旧《唐书》都没有为她立传。我很想为薛涛前辈写一部传记，但由于受条件限制，掌握史料不够充分翔实，恐怕难以还原真实的历史原貌，所以我最终写成了一部小说。

关于薛涛的身世，现在留存于世的史料不多。我只能从零星的史料记载和薛涛的遗诗中寻找一些历史线索，再加入一些虚构的元素，勾勒贯穿为一个较为完整的故事，把一个才华横溢的唐代女诗人形象展现给读者。

薛涛生于唐代宗大历年间（约768年）。她是个女神童，八岁便能作诗，无奈命运多舛，年少时父母双亡，被迫沦落风尘成为一名乐妓。但她不甘堕落，始终洁身自好。机缘巧合，长袖善舞的薛涛得到一位贵人的垂青，他就是西川节度使韦皋，韦皋可以说是第一个赏识和提携她的高官。不仅对她宠爱有加，甚至还授予她校书郎的官职，让她能够以幕僚和乐妓的双重身份出入将军府衙，陪宴赋诗，迎来送往。在韦皋的护佑和扶持下，薛涛迅速走红，很快成为红极一时的顶级名妓，名扬四海，交满天下。许多唐代著名诗人，包括刘禹锡、白居易、元稹、杜牧、王建等人都与薛涛酬诗唱和过。

薛涛和社会各界男士的密切交往引起了韦皋的不快。于是他借故把薛涛罚往松州军营，做了一名营妓。薛涛在松州吃了许多苦，被迫向韦皋低头，写出了《十离诗》。韦皋把她接回成都，在他身边侍酒赋诗，招宾待友。直至806年，韦皋病逝。

在韦皋去世之后，历任的西川节度使，除了刘辟之外，包括高崇文、武元衡、李夷简、王播、段文昌、杜元颖、郭钊、李德裕等人都对薛涛十分敬重。

809年，监察御史元稹奉旨来蜀办案，与薛涛在梓州相会。这对才子佳人一见倾心，十分投缘，曾经有过一段短暂的恋情。但元稹是个到处留情的风流浪子，后来又爱上了越州歌妓刘采春，所以他离蜀之后便一去不返，从此再也没见薛涛。

我在小说里，写了薛涛与年轻将官王灏的一段爱情。关于王灏，虽然网上有些文章提到过他，说他是松州守将。但史料里却无处可考，因此我认为王灏是个虚构的人物。据《唐书·韦皋传》记载，韦皋曾发九路兵马抗击吐蕃，其中带队出征松州的将军是王英俊和高偶。我的小说里，王灏的弟弟、松州守将王俊的原型就是王英俊。究竟是与不是，读者不必深究。因为小说毕竟不是历史，在这部小说里难免会有许多戏说的成分。

从薛涛的《赠远》一诗来推测,她似乎曾爱恋过某位戍边的将军。有人说这首诗是写给元稹的。我觉得这未免有些牵强,因为元稹是文官,而"闺阁不知戎马事"一句,显然是写给武将的。

无论薛涛曾经爱过谁,她的爱情最终成了一场梦幻,无情地破灭了。历史上的薛涛终身未嫁,孤鸾一世,无福学鸳鸯。与元稹的一段露水鸳鸯梦破灭后,她不再憧憬爱情,选择了独身。晚年时灭却凡心,淡看世情,独居于浣花溪,抚琴吟诗,安然度日。后来又迁至更为幽静的碧鸡坊,在坊内建吟诗楼,身穿女冠道服幽居楼上,清心寡欲,闲居终老。

大和五年(831年)暮秋,薛涛饲养的孔雀衰老而终。次年初夏,薛涛也合上了双眼,驾鹤归西。

后人为了纪念薛涛,修建并保留了薛涛墓、薛涛井、望江楼等历史遗迹。在望江楼的立柱上写有一副楹联:

> 古井冷斜阳,问几树枇杷,何处是校书门巷
> 大江横曲槛,占一楼烟雨,要平分工部草堂

楹联作者把望江楼与杜甫草堂相提并论,暗喻薛涛的诗才可与大诗人杜甫比肩齐平。

嗟乎!繁华散尽梦如烟。舞榭歌台,转眼皆非;红颜粉黛,芳魂已远。前世的记忆,如今已碎为残片,如同破碎的青花瓷被埋没在泥土中。然而,有朝一日当它被重新挖掘出土时,把这些残片再拼接起来,它的美历久弥新,清芬依旧。

前尘湮灭,刹那芳华。千年后,锦江岸边,浣花溪畔,昔日的佳人已杳无踪迹。薛涛墓前,唯有那句千年古诗还在传唱:"独坐黄昏谁作伴,怎教红粉不成灰?"但愿我的文字能让今天的人们忆起久远的年代那个凄美惊艳的传奇故事,记住那个名叫薛涛的绝世才女。

2014年10月,于北京

# 目录

| | | |
|---|---|---|
| 一 | 奇思异想 | 1 |
| 二 | 薛涛降生 | 6 |
| 三 | 父母双亡 | 10 |
| 四 | 好心大妈 | 13 |
| 五 | 沦落风尘 | 17 |
| 六 | 炫舞惊艳 | 21 |
| 七 | 公子小白 | 28 |
| 八 | 浴室偷窥 | 33 |
| 九 | 再次登台 | 39 |
| 十 | 陪宴赋诗 | 43 |
| 十一 | 签订契约 | 47 |
| 十二 | 脱离青楼 | 52 |
| 十三 | 入住韦府 | 55 |

| 十四 | 拜见夫人 | 59 |
| 十五 | 治蜀大计 | 62 |
| 十六 | 名满天下 | 65 |
| 十七 | 图报无门 | 69 |
| 十八 | 大唐孔雀 | 73 |
| 十九 | 梦里箫声 | 76 |
| 二十 | 遐叔献赋 | 83 |
| 二十一 | 嘉州之行 | 89 |
| 二十二 | 谷口鏖战 | 95 |
| 二十三 | 戏谑刘辟 | 100 |
| 二十四 | 钱泰告密 | 104 |
| 二十五 | 被罚松州 | 110 |
| 二十六 | 黑衣剑客 | 114 |
| 二十七 | 遭遇偷袭 | 121 |
| 二十八 | 酣斗番将 | 125 |
| 二十九 | 快剑无情 | 129 |

| 三十 | 抑郁成疾 | 133 |
| 三十一 | 求爱遭拒 | 137 |
| 三十二 | 写诗认错 | 141 |
| 三十三 | 强奸未遂 | 147 |
| 三十四 | 朝中动乱 | 151 |
| 三十五 | 色狼刺客 | 154 |
| 三十六 | 平定叛乱 | 158 |
| 三十七 | 惊鸿一瞥 | 162 |
| 三十八 | 灵魂出窍 | 166 |
| 三十九 | 怒斥贪官 | 170 |
| 四十 | 胆小怕事 | 175 |
| 四十一 | 离别元稹 | 178 |
| 四十二 | 游船论诗 | 181 |
| 四十三 | 高唐访道 | 186 |
| 四十四 | 琴箫合奏 | 191 |
| 尾声 | 梦醒时分 | 197 |

# 一　奇思异想

话说不久之前，我刚刚辞了职。辞职后，我变成了一个标准宅男，每天把自己关在屋子里，足不出户，心无旁骛，一心一意埋头搞发明。

也许有人会问：你想发明一个什么新鲜玩意儿？这个嘛，我暂时不能告诉你，它是我的一个小秘密，不能对任何人讲。如果我说出来，一定会被嘲笑，别人会认为我脑袋进水了，精神错乱了。因为这项发明听起来就像痴人说梦、异想天开。不过你别以为我要搞的这项发明是空想，现代科学技术如此发达，一切皆有可能，只有人想不到的，没有人做不到的。

我要搞这项发明的想法起源于我的一次失恋经历。

上大学的时候，我暗恋上了同班的漂亮女生陶雪。她看上去很美，美得就像一朵花儿似的，美得让我不敢正视，我只敢趁她不注意的时候偷偷瞄她一眼。同学们一致公认她是我校最漂亮的女生，是当之无愧的校花。在我眼里她岂止是校花呀，她简直就是天上的仙女下凡，是前世的西施转世，是倾城倾国的绝代佳人。我不由自主爱上了她，我从早到晚都会想她，我每时每刻都会想她，我茶饭不思、废寝忘食地想她，我精神恍惚、神魂颠倒地想她。总之，我想她都快到了痴迷的程度。

有时我在想，我究竟爱她什么呢？她最吸引我之处又是什么呢？想来想去只有一个字——美。有美如斯，夫复何求？

我是外貌协会的会员，我找女朋友的标准只有一个，那就是外貌一定要美。有人对我说：找女朋友不能以貌取人，心灵美才是最重要的。这句话也许是对的，但我却不以为然。在我看来外貌美和心灵美是统一的，外貌美好的女人内心也一定是美好的。

我虽然喜欢她，却不敢向她表白。在她面前我总感到有点儿自惭形秽，觉得自己配不上她。诸位，你们别以为我长得丑，其实我长得蛮帅气的，年轻时我绝对算得上是个帅哥。在别的女孩儿面前，我总是自信心满满，唯独在她面前，我那点自信心就跑到爪哇国去了。其实我隐约感觉到她对我也有那么一点意思，因为有一次我在学校图书馆里看书，恰巧她就坐在我的对面。我偷偷抬眼看了她一眼，发现她也正在看着我，两道目光一碰，我立刻感到来电了，我看见她朝我微微一笑，巧笑倩兮，美目盼兮，秋波荡漾，迷人醉心。我差一点儿就被迷晕了。我感觉她似乎也喜欢我，否则她为何会对我笑呢？

那天晚上，我辗转反侧久久难以入眠。我躺在床上想，如果她也喜欢我，那么，我只要主动向她表白，她一定会答应做我的女朋友。然而我又担心她并没有喜欢我，是我产生了错觉。我是一个很爱面子的人，害怕万一我的表白被她拒绝那多难堪，多没面子啊。仔细想想，又觉得面子事小，爱情事大，我还是应该向她表白。我打算找一个单独遇见她的机会，悄悄告诉她我爱她。不久我果真遇到了一次机会，可是我却临阵退缩了，因为我一见她就会脸红心跳，张不开口。事后我暗下决心，下次再有机会，我一定鼓足勇气把话说出来。可是真到了下一次，我又没敢开口。直到临近毕业，仍然没敢对她说出那句话。我心里十分焦急，毕业后我和她就会各奔东西，再难相见了。难道就此放弃吗？不行，我不甘心，我要抓紧最后的时间再争取一回，即便遭到拒绝，但我只要向她表白过，就不会留下太多遗憾。于是我把一个折叠好的纸条偷偷放进了她的课桌里，纸条上面只写了一句话：周日下午两点，我在紫竹院公园门口等你。署名是，一个暗恋你的人。

周日下午，我提前等候在紫竹院公园门口，希望能在这里见到她，亲口对她说出我爱她。一开始我心里还有点忐忑，到后来忐忑渐渐变成了失望，因为我足足等了她一个多小时，陶同学却始终没有露面。

一直到毕业离校，我也没能向她表白我的爱。我对自己彻底失去了信心，觉得自己太缺乏勇气了，真不像个男人，我的前世大概是一位女子。

十年之后，在一次老同学的聚会上，我又见到了陶雪。岁月并没有在她脸上留下多少痕迹，她的容貌依然是那么美丽，那么光彩照人。只是显得比过去成熟了一些。我也不再是当年的羞涩少年，经过多年的历练，我的脸皮已经比过去厚多了，在她面前再也不会脸红，终于可以谈笑自如了。

我走到她身边，主动和她攀谈起来。当问到她的婚事时，陶雪告诉我：她已嫁人了，丈夫叫王浩，是一名军官。她还拿出手机给我看了他的照片，他的相貌十分英俊。

我说："我好羡慕你老公啊！你知道吗？当初在学校里，我一直都在暗恋你。"

她说："那你当初为什么不早点儿对我说？"

我说："我那时胆子太小，不是不想说，而是不敢说。"

她说："其实上大学的时候我也很喜欢你，如果那时候你能大胆向我求爱，我肯定会答应你。"

"你说的是真话吗？不是哄我开心吧？"我问。

"我说的是真话。"

我看了看她脸上的表情，她似乎很认真，不像是开玩笑。

"既然你也喜欢我，为什么你就不能主动一点儿？"我问。

"这种事情都是男生主动，哪有女孩子主动的？"

"毕业前夕，我曾给你写过一个纸条却没有回音。"我说。

"你署名了吗？"她问。

"我的署名是：一个暗恋你的人。"

她说："那时候给我写纸条的人太多了，上面如果不署真名我是一概不理睬的。"

我终于明白她当时不赴约的原因了。

我的心里别提有多后悔了，肠子都快悔青了。我后悔自己当初为什么那么胆小，为什么就不敢主动向她表白呢？如果那时我能勇敢地把话说出来，就不会是今天这种情况了，陶雪就会成为我的妻子，和我共享爱情的甜蜜和生活的美好。都是因为我的胆怯，才使她如今成为别人的新娘，和我连一毛钱关系也没有。最让我感到遗憾的是：我不是没有成功的机会，而是没敢大胆表白，许多机会都让我白白浪费掉了。可惜世上没有卖后悔药的。

我心里想：假如时光能够倒转，让我回到十年前，我会怎么做呢？毫无疑问，如果真能回到从前，我一定牢牢把握机会，大胆向她求爱，绝不会再让机会溜掉了。

　　真的不能重回昔日吗？有一天，我的脑子里突发奇想，我要发明一架能够穿越时空的飞船，让飞船带我穿越时空回到过去。这项发明若能获得成功，我要驾驶飞船回到十年前，去追求陶雪。

　　说干就干，自从有了这个奇特想法，我就开始研制能回到过去的飞船了。诸位可能认为，我的想法纯粹是天方夜谭，是不切实际的幻想。而我从小就是个喜欢幻想的人，我认为幻想也会有实现的可能。古代的许多幻想，如飞天奔月，如今不是已经实现了吗？要想成功，首先要有"敢上九天揽月"的勇气。

　　爱因斯坦和罗森曾提出过虫洞理论。宇宙虫洞（Wormhole）也可译为时空洞，是宇宙中可能存在的连接两个不同时空的隧道。通过这条隧道可以实现空间转移或时间旅行。穿越时空并非不可能。

　　经过反复思考，我有了一个设想。

　　众所周知：光速是最快的，每秒钟能跑三十万公里。宇宙间星球与星球的距离是用光年计算的。如果我们用天文望远镜观看某个距离地球十光年的星球，我们所看到的那个星球的光景，其实不是现在的，而是十年前的光景，因为那个星球上的光要到达地球需要十年。同样道理，假如我们能在那个星球上看地球，我们所看到的地球上的事情，其实也不是现在的，而是十年前的事情。我的设想是这样的：飞船以超光速飞到距离地球十光年的某个星球，从那里回望地球，看到了地球上十年前的情景时，飞船再以超光速飞回去，就可以回到十年前了。

　　也许有人会说：目前世界上最先进的宇宙飞船也远远达不到光速，更别说超光速了。而且光速是人类已知的最快速度，不可能有比光更快的速度。我告诉你，还有一种比光更快的速度叫想速，即思想的速度。你可能没听说过想速这个概念，如果你不懂，我打个比方你就明白了。比如人们常说：我想到了。这句话的意思是：我一想就到了，这就是想速。飞船一旦达到想速，无论你想去哪里，无论上天入地，只要在脑子里一想，它立刻就会到达那里。我研制的时空飞船就是要达到想速。

哎呀，一不小心，还是把我的小秘密透露出来了。诸位可不许笑话我，不要说我荒唐，有梦想才会有希望。

我每日闭门造船，经过不懈的努力，终于有一天将时空飞船造好了，我登上飞船准备检验一下它能否达到我的预期。

晚上十点整，我躺在船舱里，闭上眼睛，心里默念着：

十、九、八、七、六、五、四、三、二、一，起飞！

一道眩光冲天而起，飞船直上天际，眨眼间就不见了踪影。

## 二 薛涛降生

　　很快，飞船飞临一个遥远的无名星球。我拿出高倍望远镜回望地球。真巧，陶雪的倩影立刻映入眼帘，她还像十年前一样年轻漂亮。咦！她却为何身穿唐装？顾不上想那么多了，我马上驾驶飞船向她飞去。倏忽之间，我感觉飞船飞入一个黑暗幽长的隧道里，眼前一片漆黑。我猜想这大概就是宇宙虫洞吧。突然舱门自动打开，有一股神奇的力量把我弹射出去，我像自由落体一样朝下快速坠落，吓得我手足无措，双手在空中乱抓，希望能抓住一根救命稻草。但抓了一阵却什么都没抓到，正当绝望已极之时，头上飘来了一顶降落伞，我一把抓住降落伞的伞绳，紧紧握住双手再也不肯松开。降落伞飘飘摇摇不断下落，我感觉脚下似乎有个深不可测的无底黑洞，不知何时才能双脚落地？

　　眼前骤然白光一闪，我脱离了无底黑洞，安然落地，来到一个光明世界。由于我在黑暗中待久了，乍见光明眼睛不能适应。外面炫目的光线晃得我睁不开眼，我只好紧闭双目，暂时不去看外面的世界。

　　忽然，我感觉有一双大手把我轻轻抱了起来。奇怪，我这个身高一米八的大男人怎么如此轻松就被人抱起来了？谁在抱我呢？为了弄清这个问题，我使劲儿把眼睛睁开了一条缝。首先看到的是自己赤裸的身体。不好啦！我的身体变小了，变得像一个小小的婴儿。更令我吃惊的是下面那根命根子不见了。是谁这么缺德？没取得我的同意就偷偷给我做了变性手术。我急得想喊，却喊不出声，想叫，又叫不出来。我变得不会说话了，只会哇哇地哭。

# 薛涛降生

既然只能哭，那就哭吧，男人哭吧哭吧不是罪，何况现在我已经不是男人了，干脆哭个痛快吧！我放开喉咙大声哭起来。

哇，哇，哇，我的哭声一声比一声大，一声比一声高，就像浪涛一样连绵不断。

这时，我听见有一个人在说话，是一个男人的声音："小女问世，哭声如涛，就给她取名为薛涛吧。"

我暂时止住哭声，侧耳聆听。

又听见有个女人应道："薛涛，这像个男孩儿的名字。只可惜她是个女儿家！"

那个男人又说道："女儿家又怎样？未必女子不如男。我听她降生时的哭声与众不同，将来绝非庸碌之辈。"

我大概是转世投生了，父母给我起名为薛涛。

薛涛是谁？可能很多人都不知道。我喜欢读历史，所以我知道薛涛是谁，但我对她也知之甚少，只知道她是唐朝女诗人。难道我已经到唐朝来了？

我本来只想回到十年前，没想到一不小心穿越过头了，穿越到千年前的唐朝来了。都怪我的时空飞船速度太快了，眨眼之间就飞跃了千年时光，把我降生在了长安。眼下我该怎么办？再想回到21世纪目前看来是不可能了，没办法，既来之，则安之，我只能安心待在这里了。好在大唐是个盛世，就让我领略一下大唐盛世的繁华吧。

不管我情愿与否，穿越到唐朝之后我落户在了薛家，变成了那个名叫薛涛的女孩儿。

我爸爸名叫薛郧，是一员唐朝武官。说到我爸爸，大家可能不知道。但如果提起他的先祖那可是大大有名，那就是唐朝开国名将，白袍银戟、赫赫有名的薛仁贵。爸爸颇有先祖遗风，从小喜欢习武，善使一条大戟，勇力过人。爸爸不仅武艺好，而且还精通诗词格律，是个文武双全的人物。我妈妈裴氏出身于书香之家，生得花容月貌且不说，更兼能诗善文，琴棋书画无所不通，是远近闻名的一位才女。我的父母郎才女貌，十分恩爱，真乃一对神仙眷侣。

父母将我视为掌上明珠，对我十分疼爱。不仅好吃好喝供养我，还从小教我弹琴练字，写诗作词。我大概遗传了父母的优秀基因，姿容秀丽、聪颖过人，无论诗词歌赋还是琴棋书画无不一学就会，甚至无师自通。长到八岁我不但能背诵许多诗，而且自己也能作诗。

在一个明媚夏夜，皓月当空，群星闪烁。爸爸妈妈坐在庭院中的梧桐树下乘凉。妈妈怀抱琵琶，玉指轻轻弹拨着琴弦，一串珠玉之声缓缓而出，琴声婉转悠扬，清雅悦耳。

我被琴声吸引，从屋里走出来，坐在妈妈身边安静地听她弹琴。一阵微风吹过，庭中古桐枝条摇摆，叶影婆娑。此情此景蛮有诗意的。

爸爸触景生情，诗兴大发，手指庭院中的梧桐树，摇头晃脑随口吟出一句诗：

庭除一古桐，耸干入云中。

当爸爸正在思索后面的诗句时，我却不假思索，脱口接出了下句：

枝迎南北鸟，叶送往来风。

我接出的这句诗表面上十分工整，妈妈听了后觉得不错，夸我接得好。爸爸却皱起眉头，不安地看着我，过了一会儿他对我说："以后你别再学作诗了。"

其实这句诗一说出口，我自己马上就后悔了。因为"鸟"字是个多义词，除了指天上的飞鸟外，还代指男人那根东西。这样的诗句怎能出自一个小女孩之口？多不雅，多不文明啊！我在内心里自责，薛涛啊，薛涛，你怎么张口就来，作诗也不过过脑子，如果让人知道了，人家会把我看作问题少女的。

无论我怎样后悔，诗已出口便难以收回了。唐代流行诗谶之说。所谓诗谶，就是诗中预示了未来将会发生之事。诗谶据说是人的气机感应所致，看似荒唐无稽，却屡有应验。

隋唐时期最有名的诗谶出自隋炀帝杨广之口。当年大运河开凿完工后，杨广乘船下扬州。一日，见水中有一鲤鱼，遂偶作一诗：

　　三月三日到江头，正见鲤鱼波上游。
　　意欲持钓往撩取，恐是蛟龙还复休。

诗句中的"鲤"与"李"字同音，预示李渊有化为蛟龙，成就帝业之势。后来李渊果然推翻隋朝，建立了大唐。

那么我这句未加思考的诗句日后会不会也成为诗谶？我会不会沦为送往迎来的风尘女子？想到这里，我不寒而栗。

但我转念又一想，爸爸起句吟诵的是梧桐树，只有凤凰才会栖息在梧桐树上，因此即便枝迎南北鸟，迎来的鸟也一定是高贵的凤凰。《诗经》上说："凤凰鸣矣，于彼高岗；梧桐生矣，于彼朝阳。"凤栖梧桐，迎着朝阳鸣唱，这是个好寓意。将来我或许会遇到凤求凰呢。这样一想，心里也就释然了。

曼舞风尘

## 三　父母双亡

　　我对回到唐朝后的生活没有过高奢望，只要父母能经常在身边陪伴我，一家人能在一起和和美美过太平日子，最后能平平安安顺顺利利地走完这一生，我就很知足了。哪知天有不测风云，人有旦夕祸福。世间万事岂能尽如人意！不久，我们一家人平静安宁的生活就被一场动乱彻底破坏了。

　　唐朝虽然是盛世，但贼寇乱兵袭扰之事却时有发生。我爸爸从长安入蜀担任成都刺史期间，离成都不远的绵竹县发生了一场叛乱。这伙反贼实在太可恨了，放着好好的太平日子不过，偏偏要闹事。他们占地为王，割据一方，杀人越货，滋扰百姓，简直就像一伙恐怖分子，搅得当地不得安宁。朝廷不能容忍这伙反贼作乱而放任不管，很快，爸爸便奉命领兵前去平定这场叛乱。

　　那一日，爸爸在出征之前，身穿戎装和我们母女俩告别。

　　妈妈紧紧握着爸爸的手，久久不愿松开。我知道，她是在为爸爸担心。打仗总会有危险，谁知道爸爸这一去还能不能回来？

　　爸爸安慰妈妈："这帮反贼不过是一伙乌合之众，放心吧，我不久就会将他们彻底剿灭，得胜归来。"

　　此时此刻，我的心里竟然也生出一股悲凉的感觉。我想起了一句古诗："风萧萧兮易水寒，壮士一去兮不复还！"

　　爸爸走后，我和妈妈天天翘首以盼，盼望爸爸能够早日率军平息叛乱，高奏凯歌，得胜还家。终于有一天，我听见外面敲锣打鼓，听说是官军凯旋了。妈妈拉着我的手到街头观看。一队官军旗幡招展地从街前走过。但带队的将官却不是我爸爸。官军队伍从头到尾，一列一列都走过去了，却仍然看不到爸爸的身影。一种不祥的感觉袭上我的心头，妈妈脸上也显出焦虑的神色。

## 父母双亡

不久,有一名随爸爸出征的副将来到我家,他带来了一个坏消息:我爸爸在这次平叛战斗中牺牲了。他告诉我们,我爸爸不愧是一条好汉,临阵时他身先士卒,率先冲入敌阵。一条大戟使得神出鬼没,把反贼们杀得个个魂飞胆丧,落荒而逃。他率领官军很快就攻占了反贼的巢穴,杀散了这伙反贼,烧毁了他们的营寨。取得了这次平叛的胜利。没想到在胜利回营的路上,有一个隐藏在暗处的反贼突然射出一支冷箭。常言道,明枪易躲,暗箭难防。这一箭射中了爸爸的后心。爸爸大叫一声,翻身落马,双眼紧闭,昏死过去。士兵们赶紧保护我爸爸回到军营。由于爸爸伤势过重,回营不久就不治身亡了。

鉴于爸爸的英勇表现,朝廷追认我爸爸为烈士,给了烈士遗孀也就是我妈妈一笔抚恤金。

爸爸一生为官廉洁,两袖清风。生前的养家之资全部都靠薪俸,爸爸死后,我和妈妈无以为生,只能靠微薄的抚恤金勉强度日。爸爸在世时,妈妈虽然生活俭朴,却未曾尝过生活的艰辛。如今爸爸抛下她一个弱女子,还要养活一个年少的我,孤儿寡母,生活压力山大。那笔抚恤金很快就花光了,我们只得变卖房产,搬到陋巷居住。妈妈终日愁眉不展,不久就因饥寒交迫重病缠身了。我极力想挽救母亲的生命,无奈家境贫寒有心无力,叫天天不应,叫地地不灵。我十四岁那年,眼睁睁看着母亲离开人世。妈妈临死前断断续续地对我说:"涛儿啊,你、你的命太苦了!"

我恨透了那伙反贼,如果不是他们造反闹事,我们一家三口其乐融融,小日子过得多么幸福啊!可是现在,爸爸妈妈全都死了,我被弄得家破人亡无家可归。不行,我要去法院告他们,要求法院为民做主,严惩这伙害群之马,判处这伙暴徒们死刑,剥夺政治权利终身。附带民事判决要求他们负担我的全部生活费。

可是,法院在哪儿啊?我不知道法院的地址,到哪儿去告他们呢?我拍了拍自己的脑袋,我咋这么笨,不知道地址没关系,我的鼻子下面不是还长着嘴吗,有嘴还不会问吗?于是,我出门四处打听法院在哪儿,可是当地居民谁都不知道法院是何物。有个坏小子一脸坏笑地对我说:"我们这里没有法院,只有妓院。"气得我真想抽他两个嘴巴。

后来我遇到一位面相和善的老者，我问他："老伯伯，我打听一下，打官司的地方在哪里？"

他伸手往前一指，说了一句："衙门。"

我这才恍然大悟，刚才是我气昏了头，忘了自己此时已身在唐朝，怪不得没人知道法院在哪儿，古代打官司的地方不叫法院而叫衙门。俗话说"衙门口朝南开，有理没钱莫进来"。我现在身无分文，贫困不堪，连吃饭的钱都没有，哪还有钱去打官司呢？没办法，只好作罢了。

## 四 好心大妈

  爸爸妈妈都死了。只把我一个人孤零零地留在世上，今后我可怎么活呢？我虽有满腹诗书，但肚子里的那些诗词歌赋却不能拿来当饭吃，眼下最紧迫的问题是如何填饱肚子。想到肚子，我立刻感觉肚子在咕咕叫。我已经两天没吃东西了，早就饿得前心贴后背了。如果这样继续下去，就只能饿死。不行，我不能挨饿，我要吃饭。我想吃肯德基，我想吃麦当劳，我想吃必胜客，可是我上哪儿去找这些快餐店啊？就算能找到，我也没钱啊。没办法，忍着吧。谁让我当初吃饱了撑的没事干，偏要玩儿什么穿越，这下子可好，穿越过头了，穿越到这个倒霉的唐朝来了。我本以为自己生在官宦之家，爸爸至少可以享受公务员待遇吧，我怎么也不至于为吃喝发愁。谁知今日竟沦落到吃不上饭的地步。怎么办？难道去沿街乞讨吗？我一个如花似玉的姑娘家怎么能做乞丐呢，这也太没面子了吧？与其这样没有尊严地活着，还不如死了算了。想到这里，我大哭起来，哭得头发都乱了。
  我想到自杀，可是又不知道用什么方法才能让自己没有痛苦地结束生命。其实我不用去想自杀方法，如果我再继续挨饿，就算我不自杀，也活不了多久了。这时我听到外面有人敲门，是谁在外面敲门呢？此时我饿得浑身没有一点力气，懒得起身去开门。我已经是快要饿死的人了，还管他是谁敲门干什么。
  就在这时，我的房门被推开了。原来房门是虚掩着的。邻居王大妈手里端着一碗热粥走了进来。看到我躺在地上披头散发像鬼一样的模样，吓得王大妈把手里的碗也打了，粥也洒了。立刻跑过来扶我坐起身来。

王大妈对我说:"孩子,你怎么成这样了?"

我一把抱住王大妈,在她怀里放声大哭起来。

王大妈说:"别哭了孩子,我知道你心里难受,但事已至此再难受也没用。你父母不在了,人死不能复生,你要想开点,好好活下去。你父母在天之灵也一定希望你能好好活下去。"

我哽咽着说:"可我身无分文,连饭都吃不上。"

"可怜的孩子,我知道你没钱吃饭,一定饿坏了,所以我刚才给你端来一碗粥,可是一不小心把碗打翻了,粥也洒光了。不过没关系,我这就去给你再端一碗粥来。"说完这句话,王大妈转身走出屋去。

不一会儿,王大妈又端过来一碗粥,说道:"孩子,你赶快趁热把这碗粥喝了吧,一会儿就要凉了。"

我顾不得客气,接过碗来,用嘴试了试粥的温度,这碗粥不凉不热正合适,于是我张开嘴咕嘟咕嘟大口喝起来。哇塞!这粥太好喝了!比我以前吃过的任何美食都香百倍。

我问王大妈:"这碗粥叫什么粥啊?太香啦!是用什么食材做的?"

王大妈说:"这碗粥是用野菜叶子煮的,里面掺和了一点儿玉米面,就叫野菜粥吧。"

大概是我太饿了,所以吃嘛儿嘛儿香。一碗野菜粥,在我嘴里就香得跟珍珠翡翠白玉汤似的。这会儿,能喝上一碗热粥就算是我的幸运了,平时想喝野菜粥还喝不到呢,即使喝到了也喝不出现在的香味儿。

喝完这碗粥,我把空碗还给王大妈,不好意思地说:"谢谢大妈!刚才你为了救我打碎了一只碗,以后我有钱了一定赔给你一只新碗。"

"你这孩子,太客气了。打碎了一只破碗算个什么,你不用赔给我。"

我再次向王大妈表示感谢。心想:在我走投无路之时,幸亏遇到了像王大妈这样的好心人,真是天无绝人之路啊!

王大妈说:"孩子,你年纪还小,人生的路才刚刚开始,以后切不可再去轻生了。你无亲无故,先搬到我家里去住吧。我家虽然穷，但只要有我吃的，就会有你吃的。以后的日子，咱们再慢慢计议。"

我被感动得几乎要落泪。看来无论哪个朝代都有好人，这个王大妈思想品德就蛮高尚的！

我别无他路，只好暂时在王大妈家里住了下来。

妈妈的遗体还停放在家里，但我没钱为她买棺材。为此我很焦急。没有别的办法，我只好厚着脸皮开口去求王大妈，求她借我一点儿钱为妈妈买一口棺材，好让我妈妈早日入土为安。王大妈和她丈夫刘老伯真是热心肠，虽然他们也很穷，但他们还是给我凑了一点儿钱，又央求亲朋邻里们七拼八凑，总算凑够了为妈妈办后事的钱。

在王大妈和刘老伯的操持下，乡亲们为我妈妈办了一个简单的葬礼。我可怜的妈妈终于可以入土为安了。

在前来吊唁的人里面有一位李推官，他在现场为我妈妈的丧事出了一点份子钱。

当李推官看见我时，他的眼神有些异样，不知道是怜悯还是喜欢。

李推官问王大妈："这孩子是薛夫人的女儿吗？"

王大妈说："她正是薛府的千金，名叫薛涛，原本也是官宦之女，谁知落难到如此地步，真是可怜啊！"

李推官又问："她父母双亡，现在谁在抚养她呢？"

王大妈回答道："前几天，我刚把她接到家里来，现在由我抚养呢。"

李推官对王大妈说："我是她父亲薛郧的生前好友，我看这孩子长得俊秀乖巧，心里倒有几分喜欢，你家的生活原本就不富裕，又多了一张吃饭的嘴就更困难了，你还是让我把这孩子带回家去，由我替薛郧抚养吧。"

王大妈也是贫穷人家，家里忽然添人加口，生活也着实有些困难。她心想，既然他是个当官的，又是薛郧的生前好友，我就把这孩子交给他吧。免得她在我家跟我一块儿受穷。

于是，王大妈接受了李推官的请求，让他把我领走了。当天李推官就把我带回到他的家里。可谁知道，这个李推官不是什么

好人,他收留我其实别有用心。可叹:

> 寄身世上若浮蓬,飘荡随风无定踪。
> 孤苦伶仃贫弱女,无端坠入风尘中。

## 五 沦落风尘

这个李推官长了一张看似和善的脸，一双眯缝眼总是笑眯眯的，可是不知为什么，他的这副笑脸并未让我感到亲切，却让我觉得他是个笑面虎，外表和善内心阴险，虽然他在我走投无路时收养了我，我本该感激他才是，可是我总觉得他收养我一定不怀好意。所以我心里非但不感激他，反而对他产生出一种戒心。

到了李推官家里，李推官一脸假笑地对我说："孩子，我和你爸是故交，看在故友的份上我收养了你。等我把你养大之后，你对将来有何想法？"

我说："我想吃饭，我饿了。"

李推官说："我问你对将来有何想法，没问你现在。"

我故意装傻道："将来我还是想吃饭。"

李推官问我："难道你活着就是为了吃饭吗？"

我说："没错，我活着就是为了吃饭。你难道不是吗？"

李推官被我弄得哭笑不得，他心里一定在想：这孩子真是一个小饭桶，就只知道吃饭。

李推官回头问身后的丫鬟："晚饭做好了吗？"

丫鬟回答："已经做好了。"

李推官对丫鬟说："你去告诉夫人，添加一副碗筷。"

"是。"丫鬟转身走了。

李推官又对我说："你不是想吃饭吗？走吧，去吃吧。"

进了餐厅，桌上的饭菜已经摆好了。李推官走过去坐在桌子上首，他的夫人坐在旁侧。我偷偷看了一眼这位夫人，她是一个肥婆，体重足有两百多斤，坐在椅子上只要一动弹，就把椅子压得嘎吱嘎吱响。我心想：她天天吃啥好东西？把自己吃得这么胖。

肥婆见丈夫带回了我,便问道:"这是谁家的女孩儿啊?"

李推官说:"这是我朋友薛郎的女儿,现在她父母双亡,我看她可怜,就把她领回来了。我打算收养这孩子,夫人你看怎么样?"

肥婆对我说:"抬起头来让我看看。"

我抬起头露出面庞,我的脸标致俊秀。

肥婆说:"捋起袖子。"

我捋起袖子露出手来,我的手白皙光滑。

肥婆又命令我:"提起裙子。"

我提起裙子露出双脚,我的脚秀气纤小。

肥婆还没完,又命我:"张开嘴。"

我张开嘴露出牙齿,我的牙洁白整齐。

我心想:这个可恶的肥婆,你这是在选牲口呢,如果接下来你再命令我脱衣服,我可要抗命啦。

还好,肥婆不再对我发令了。她对李推官说:"这孩子的条件还算不错,就留下吧。以后再教她一些技艺,将来就让她做楼里的姑娘吧。"

楼里?什么楼?会不会是青楼?我心里产生了疑虑。

李推官对我说:"坐下吃饭吧。"

甭管别的,先吃饱了再说。这些日子我在王大妈家里虽然不再挨饿,但整天喝稀粥只能灌个水饱,缺乏营养。此时能吃上一顿好饭对我来说已属奢侈了。我毫不客气,坐下来端起碗就吃。

李推官家的饭菜味道还不错,我尽量注意自己的吃相,别像个饿鬼似的,可最后我还是吃得嘴角沾满了油渍。吃饱了之后,我想找一张纸巾擦擦嘴,但唐朝那个时候没有纸巾,我只好偷偷用衣袖擦了擦嘴。

吃完了晚饭,李推官对我说:"你在我这里,我负责把你养大成人。不过,我不能白养活你一辈子,你也不能老是赖在我这里白吃饭,总得自己学点技艺吧,你学会了一技之长,将来才能自己养活自己,懂吗?"

我低下头没说话。心里在琢磨,他这话是啥意思?

李推官又问我:"你现在会什么技艺吗?比如,弹琴、唱歌、跳舞之类的?"

我随口说道："我会弹吉他。"

"什么？你会摊鸡蛋？"李推官一脸疑惑。显然，他不知道吉他是何物，唐朝时还没有这种乐器呢。

我赶紧改口道："你听错了，我刚才是说我会弹琵琶。"

我跟妈妈学过琵琶，虽然没妈妈弹得好，但也算弹得不错了。

李推官命丫鬟取来一面琵琶，递到我手里。说道："你且弹一曲让我听听。"

我接过琵琶，调了调琴弦，即兴弹奏了一支琵琶曲。

一曲弹罢，李推官拍手称赞："弹得好！"

我谦逊道："过奖了。"

李推官问我："你是跟谁学的？"

我说："跟母亲学的。"

"孺子可教也。"李推官拍了拍我的头，似乎对我很满意。

"你这孩子天赋不错，我要请人好好教教你，假以时日，你一定会脱颖而出，大红大紫的。"李推官说。

不久后，李推官把我送入教坊，和一班姐妹在一起专门学习歌舞技艺。而且他还把我充入了乐籍。

唐代社会将人分为六个等级：

皇族亦称宗室，列入皇籍；

贵族和当过官的，以及通过考试获得功名的人列入士籍；

普通百姓列入民籍；

世代当兵的军人（不包括军官）列入兵籍；

从事经营的商人列入商籍；

妓女及其后代列为乐籍。

后四个等级统称为贱籍，地位低贱，而乐籍又是其中最为卑贱的。所谓乐籍，即乐妓名籍。说白了，它就是由官府制作的妓女登记册。社会上的人谁都看不起乐籍女子，乐籍女子经常会被人随意欺凌。

这个可恨的李推官果然没安好心。我现在终于明白了他为什么要收养我，原来他是想把我养大后让我去当妓女，为他赚钱。那个肥婆大概就是老鸨。

李推官确实开了一家妓院，地点就在成都的繁华街区，名为天香楼。肥婆是天香楼的老板娘，负责妓院的经营管理。李推官则利用他在官场上的人脉关系为天香楼拉客。唐朝社会风气比较开放，官府没有像后世的宋代、明代那样明令禁止官员嫖妓，唐朝大大小小的各级官吏，上至王公宰相下至州官县官，几乎都有过嫖妓经历，甚至连刚考取功名的学子们也常出入青楼，所以天香楼的生意十分红火。

　　天香楼属于高档妓院，并非只做皮肉生意，而是以歌舞伴宴为主。唐朝的宴饮之风很盛，政府高官、文臣武将们都经常设宴请客，妓女们穿插于宴席之间，轻歌曼舞，吟诗作对，陪酒陪聊，类似现在的三陪女。由于唐朝诗歌风行，会聚于青楼妓馆的文人雅士们几乎都能吟诗对句，所以妓院很重视对妓女文化素质的培养，名妓不仅要貌美，而且必须才艺出众，懂得诗词歌赋，只有这样才能附庸风雅，得到高贵来客的认可和追捧。名妓卖的是歌舞才艺，却比卖身的低级妓女收入高百倍。

　　之前，我曾经读过一些描写青楼艳史的古代小说，对青楼女子有些了解，她们大都身世悲苦，命如浮萍。我对她们的不幸遭遇十分同情。想不到而今我也成为青楼女子，沦落到风尘之中。以前我认为干这一行出卖色相很丢人，现在我只能自我宽慰，其实干哪一行不是卖？商人卖货，工人卖劳力，读书人卖智力。妓女不偷不抢，靠卖色艺为生，没什么丢人的。虽然心里这样想，但我还是只愿卖艺，不愿出卖色相。我现在努力学习才艺就是为了将来能只卖艺不卖身。

## 六 炫舞惊艳

三年之后,我已经长成一个貌美如花的靓女,亭亭玉立,楚楚动人。才艺也大有长进,不敢说艺压群芳,至少是一枝独秀。

这一天,肥婆对我说道:"你已经长大了,才艺也已经学得差不多了,应该一展身手了。你在我这儿待了三年多,应该知道我做的是什么生意。怎么样,愿不愿意接客?"

我心里暗骂,臭肥婆,你终于要赶鸭子上架了。

在回到唐朝之前,我虽然身为男人,性格中却带有几分女性的柔和,而今我身为女性,性格中却又略带了几分男性的刚烈。我已经下定决心只卖艺不卖身。如果臭肥婆敢硬逼着我卖身,我就敢自尽给她看,反正大不了我不在唐朝混了,再重新回到21世纪去。

我说:"接客可以,但我只陪客人饮宴歌舞,卖艺不卖身。"

肥婆嘿嘿一笑说:"你这鬼丫头,还跟我讲上条件了。不卖身也可以,但这要看你仅凭才艺能否赚钱。这样吧,你先准备一个节目,过几天我让你上台试试,看看你的才艺究竟如何。"

"可以试试。不过,如果想让我演得精彩,还需要为我准备一些演出服装和道具,还要找人为我伴奏。"

"呵呵,没想到你人不大,想得倒挺周全。好吧,就照你说的去做,我帮你准备这些东西。"肥婆答应了我。

下午,肥婆带来一个女裁缝,说要给我做演出服装。我画了一张服装样式图,让女裁缝按照图纸去做。样式是我自己亲手设计的。肥婆和女裁缝看了这张图都有些惊异。图上的服装样式大胆离奇,这样的服装在唐代简直就是奇装异服,她们谁都没见过。

肥婆怀疑地问道："你真敢穿这样的服装上场吗？"

我说："放心吧，你看着，我登台那天一定会震撼全场的，让天香楼出尽风头，天香楼的名气大了，你就更有钱可赚了。不过赚钱后你别忘了答应我，让我只卖艺不卖身。"

肥婆说："只要你的演出能赚钱，我可以让你卖艺不卖身。"

几天以后，登台演出的日子终于到了。上台之前，我在后台精心为自己化了妆。本来肥婆请来的化妆师要帮我化妆，我却提出要自己化妆，因为我不喜欢唐代仕女那种又短又粗的眉毛，我觉得那样的眉形毫无美感。如果化妆师给我也画出那样的妆容，那可不是我想要的化妆效果。所以我坚持亲自为自己化妆。我为自己设计的眉形是细长的柳叶眉，眉梢高挑，斜飞入鬓，显得冷艳而俊秀。我先用眉笔勾出眉线，然后再一笔一笔细细描画。描完之后我又为自己画出眼线，我的眼睛本来就又大又明亮，画完眼线效果很好，只可惜那时还没有睫毛膏和眼影，否则我会让我的眼睛更加光彩夺目。画完了眉眼，我在脸上扑了一点淡淡的香粉，然后又在嘴唇上抹了一点胭脂膏，使我的嘴唇看起来更加性感。化妆完毕，我在铜镜前面照了照，一个柳眉杏眼、皓齿朱唇的大美人呈现在镜中。

最后，我换上了演出服装，就是我亲手设计的那套舞衣。舞衣是上下两件套，上身是一条抹胸，衬出我丰满的胸部，微微露出一点乳沟，性感十足。腰腹是完全裸露的，不着一片布料。下身是一条长及脚踝的喇叭口丝质长裤，质地纤细，轻透薄柔。上下衣的颜色都是鲜艳的大红，烂漫如火，耀眼生辉。我又在肩上披了一条透明的纱巾，显得神秘而又飘逸。穿上这身舞衣后，我立刻变得百媚千娇、风情万种。

我的这身打扮把肥婆惊得目瞪口呆，这也太性感暴露了吧！让那些男人看了，他们还不把眼珠子都瞪出来了。

这时，舞台监督告诉我，下一个节目就轮到我了，让我准备上场。我拿起琵琶走到台口，躲在帷幕后悄悄向外望去。外面是个宴会大厅，正面摆放着许多圆桌，客人们围桌而坐，一边饮酒一边看演出。大厅上层和两边都有豪华包厢，门首挂着珠帘，许多包厢已将珠帘卷起，里面的客人正向外观看。

此刻，舞台上面有一个美艳女子正在纵情狂舞。这个女子我认识，她姓李，人称李十三娘，我曾在教坊里与她同期学艺。她现在表演的舞蹈是她最拿手的剑舞。只见她手持宝剑，似疾风般满场飞旋，挥剑快速迅捷，急如闪电，舞姿激情四射，豪气凌云，健美的身形矫若游龙，闪闪的剑光银辉熠熠。她的剑舞颇有公孙大娘当年的风貌，灵活矫健，气势不凡。当她收剑颔首结束表演时，全场立刻响起了一阵热烈的掌声。

该我上场了，前面李十三娘表演的舞蹈已经精彩至极，接下来我表演的舞蹈能超过她吗？

肥婆鼓励我说："别怯场，李十三娘的剑舞跳得虽然好，但她这支舞已经跳过许多次了，缺乏新鲜感了。"

我微微一笑，自信地说道："你就瞧好吧！"

当低回舒缓的琴声奏起时，舞台灯光一齐都被熄灭了，只剩下圆桌上的蜡烛忽明忽暗，营造出一种神秘气氛。借着摇曳的微弱烛火，我悄悄走上舞台，隐身在一块半透明的幕布后面。一名侍女手提大红灯笼，把灯笼举在我的身前，我那袅娜的身影立刻映在幕布上，幕布上显现出一个 S 形的优美身姿。

我慢慢从幕布后面转出来，侍女们忽然点亮了舞台上的所有灯笼。台上立刻灯火通明，灯光照亮我的全身，我抬头亮相，摆出一个造型独特的 pose。

呀！呀！大厅里一片惊叹之声。

纵览中国历代的服饰，唐朝服饰算是最开放的，女装的胸部开得比较低，肌肤裸露较多，男人们已见怪不怪，但纵是如此男宾客还是被我大胆的衣着震惊了，视觉的冲击波震撼着每个人的神经，他们一个个瞪大眼睛，一眨不眨地看着我。

随着音乐，我开始翩翩起舞。与李十三娘迅捷矫健、气势磅礴的舞蹈风格不同，我的舞姿轻盈舒缓，自然流畅。时而如春风拂柳，温润柔和，时而如雨打芭蕉，纷扬飘洒，看起来别有一番风韵。

我自编自演的这段舞蹈，取材于历史舞剧《丝路花雨》。剧中女主角英娘的一段独舞优美曼妙。我现在跳的这段舞蹈就是根据那段英娘独舞改编而成的。舞蹈所表现的是大漠敦煌壁画中的飞天形象。

有三位美丽的姑娘为我伴奏，一人抚瑶琴，一人弹琵琶，一人吹洞箫。她们是真正的唐朝乐队。那时虽然没有电子琴、电吉他之类的现代电声乐器，但她们用古乐器演奏出来的乐曲，却有一种古代特有的韵味，古韵悠悠，空灵幽远，很符合这段舞蹈的意境。那乐声不急不缓，不紧不慢，与我的舞步配合得恰到好处。

古老神秘的西域音乐回旋婉转，我的舞蹈渐入佳境，身形好似化作壁画中的飞天在云中曼舞，裙袂飘飘，轻纱飞扬，翩若天女散花。飞天，就是西方佛国的乐伎，是为佛陀弹琴奏乐、歌唱舞蹈的天女。我在舞台上表演的飞天，容貌艳丽姣好，舞姿美妙迷人，充满动感之美，仿佛让敦煌壁画上的飞天走出壁画来到了人间。

在悠扬的古乐声中，我摆出最后一个姿势——反弹琵琶。

舞蹈结束了，台下的看客却仍然沉浸其中如醉如痴，沉寂了大约几秒，当我向观众鞠躬致意时，大厅里才响起了如雷的掌声和欢呼声，声音之大，完全盖过了刚才给李十三娘的掌声。

掌声经久不息，我返场致谢了两次，热情的观众还是不肯让我下场，非要让我再加演一个节目。舞台监督对我说："既然观众们如此喜欢你，薛姑娘就再表演一个节目吧。"

我只好再次返场，准备表演一个不同风格的舞蹈。

我把一块纱巾围在脸上，又在脚腕上戴了一对用铃铛串成的脚链，扮成一个天竺少女的模样。音乐声再次响起，伴着明快的节奏，我手持画扇再次起舞。这一次我跳的是性感的肚皮舞。只见一个婀娜多姿的身形环绕舞台往返穿梭，忽前忽后，忽左忽右，像旋风，像流云，像彩蝶，像飞燕，像一团燃烧的火焰，像一个游荡的精灵，柔软的肢体尽显妩媚，旖旎的舞姿分外妖娆。

这支舞自由、奔放、热情、洒脱。我把双臂想象为翅膀，把腰身想象成灵蛇，不停地动肩、抖胯、扭腰、摇臀、脚腕上的铃铛发出叮铃铃的响声，刺激着观众的耳膜。雪白的肚皮扭出诱人的姿态，挑逗着观众的瞳孔。全场的目光都被我吸引住了，男人们瞪大双眼，屏住呼吸，呆呆地看着我舞动的身体，连大气都不喘。

乐队奏出最后的激越旋律，然后音乐声逐渐舒缓下来，我也慢慢停下脚步，赤足站在舞台中央，用魅惑的眼神扫视全场，如同一朵娇艳的鲜花。

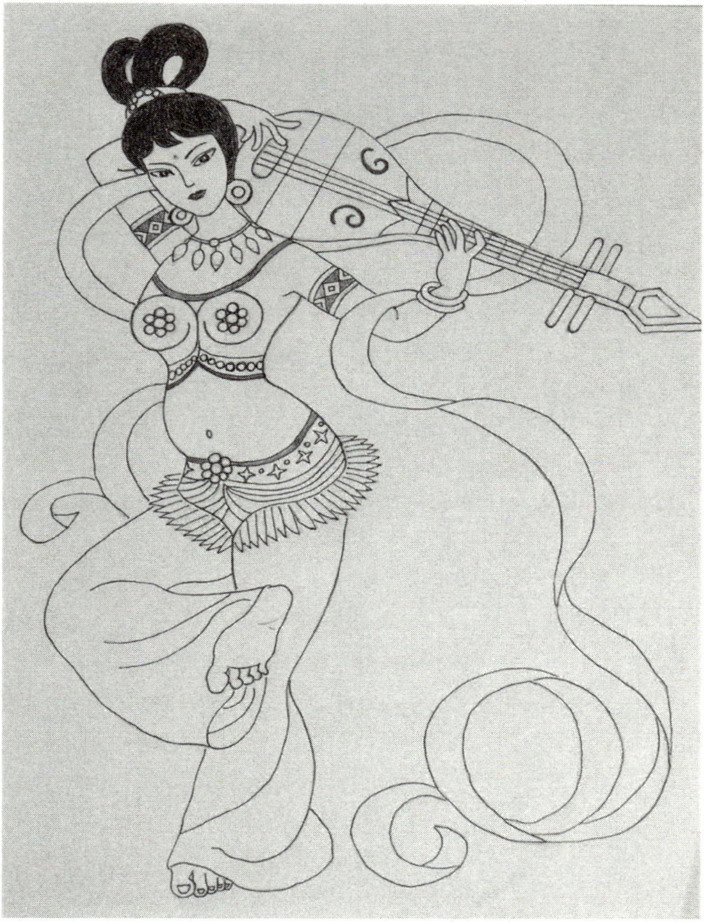

暴风雨般的掌声骤然响起，伴随着一片尖叫之声，全场观众沸腾了。过了好半天，台下的沸腾声才逐渐平复下来。我的舞蹈征服了全场观众，也赢得了无数男人对我的青睐。

掌声过后，台下交头接耳，议论纷纷。

这个问："台上的美女是谁呀？以前怎么从来没见过她？"

那个答："大概是个新来的，以前我也没见过。"

肥婆一颠一颠地走上舞台，笑吟吟地对台下的观众说："刚才在台上跳舞的姑娘，那是我们天香楼的新秀薛涛薛姑娘，薛姑娘舞艺精湛，美貌无双，今晚各位谁要想让薛姑娘陪酒，那可要早点儿标名挂号，否则可就排不上队了。"

肥婆话音刚落，台下立刻喊声一片。

这个喊："让薛姑娘陪我。"

那个叫："我就要薛姑娘陪，别人我都不要。"

肥婆扯着嗓子大声说："各位先别吵吵，听我说一句，薛姑娘侍宴陪酒的价格是一百两白银，出得起的人台前挂号，出不起的就请靠边站吧。"

台下立刻安静了。一百两白银可不是小数目。据史书记载：唐朝九品官一年的俸禄是六十石（约合八百多公斤）禄米，折合成白银相当于六十两。肥婆开口就是一百两白银，一个九品官把一年的俸禄都拿出来还不够呢，天香楼真是销金窟啊！那些不够阔气的主儿无奈只能出局了。

## 七 公子小白

　　此时,左侧一间包厢的珠帘哗啦一响,一位年轻公子撩起珠帘从包厢里走了出来,只见他身穿一袭白袍,手持一柄折扇,眉清目秀,俊逸儒雅,好一个翩翩佳公子,潇洒美少年!
　　我心中一喜,哇塞,是个帅哥嘿!
　　帅哥开口对肥婆说:"白银一百两,我出,你让薛姑娘过来陪我吧。"
　　我暗自高兴,看来我的运气不错,第一个客人就是位帅哥。
　　"慢着,我出二百五十两。"后面传来一个粗俗傲慢的声音。
　　我转头一看,后面是个肥头大耳的家伙在喊,看他那身材胖得像一头大肥猪,体重足有二百五十斤,和肥婆倒是有一拼。就算唐朝人以胖为美,你也别太过分啊。再看他那个长相,猛一看长得不咋地,仔细一看,咳,还不如猛一看呢。此人长得秃眉小眼,长鼻大嘴,一副猪的模样,看着就让人讨厌。这肥猪长得虽丑,衣着打扮倒挺光鲜的,一身绫罗绸缎,大概是个有钱的阔佬。
　　帅哥与肥猪站在一起真是个鲜明对比,一个美比潘安,另一个丑比……我想不起来有谁比他还丑,没有比他更丑的人了。同样都是人,人和人的差距咋就那么大呢?
　　肥猪对肥婆说:"我出二百五十两,你要让薛姑娘陪我。"
　　我心里暗骂:"呸!臭肥猪,别以为你有几个臭钱就能为所欲为,做梦去吧,你就是给我再多的钱,本姑娘也不陪你。瞧你出的这个价,二百五十两,我看你就像个二百五。"
　　帅哥不干了,开口说道:"凡事都得有个先来后到吧?我已经抢先一步包下了薛姑娘,你虽然出价高,但你比我晚了一步。"

肥猪问肥婆该怎么办？我心里暗暗发笑，肥猪与肥婆，两人正好凑成一个谜语，谜底是一个城市名——合肥。

不等肥婆开口，我抢先说道："今天又不是拍卖会，不能看谁出的价钱高，既然这位帅公子已经先出价一百两包了我，我愿意陪这位公子。"

帅哥对我微微一笑，以示感谢。

这两个人肥婆都认识，她对肥猪赔着笑脸说："费老爷，实在对不起，今天白公子先出价包了薛姑娘，只好委屈你了。"

肥猪瞪眼看着肥婆，似乎有些不服气。

肥婆对肥猪说："这位白公子是进士，在京城做官。费老爷且让他一回。这样吧，你明天再来，我让薛姑娘明天陪你。"

肥猪倒也识趣，听从了肥婆的安排，不再坚持让我陪他了。

听肥婆说这位帅哥是进士，我感到很惊异。白公子看上去这么年轻，居然已经考中进士了，真是年轻有为呀！

我随白公子进了他的包厢，相对而坐。

我拿起酒壶为白公子斟满了一杯酒，自己也倒满了一杯，然后举起酒杯说道："来，为我们今日的相逢干一杯。"

他举杯道："很高兴遇见你。"

我和他轻轻碰了一下杯，同时仰头喝干了杯中酒。

白公子道："请问姑娘芳名？"

我说："我姓薛，名涛，字洪度。敢问公子大名？"

白公子答道："我姓白，名居易，字乐天。"

什么？他竟然是大名鼎鼎的唐代大诗人白居易？我一时之间呆住了，不敢相信这是真的。我对他可是闻名已久啊，他的许多诗我都会背。没想到初次陪客就让我遇见真人了。大概是机缘巧合才会有此奇遇，我若不是穿越到唐朝，作为一个现代人绝对不可能见到白居易。

我开口说道："幸会！幸会！久闻白诗人大名，如雷贯耳。"

他说："姑娘谬奖了，小生刚刚出道不久，还无甚名声。"

我说："你真年轻，看上去比我还小，我就叫你小白吧。"

他说："姑娘随意。"

我看着他的脸，随口吟出两句诗：

    同是天涯沦落人，相逢何必曾相识。

  小白开口问道："薛姑娘为何突发感慨，作出这么两句诗？"
  咦，我感到很奇怪，这明明是他自己作的诗嘛，他怎么反倒说是我作的诗呢？
  我说："这两句诗不是我作的。"
  "那是谁作的？"小白问道。
  看来他真的不知道这两句诗是他自己的作品。也许他作的诗实在太多了，把自己作过的诗句忘记了？不会吧？这可是《琵琶行》里面的名句啊！
  我想提醒他一下，让他忆起自己曾经作过的诗句。于是我拿起琵琶，捧在怀里，轻轻拨动了琴弦，边弹边唱：

    忽闻水上琵琶声，主人忘归客不发。
    寻声暗问弹者谁，琵琶声停欲语迟。
    移船相近邀相见，添酒回灯重开宴。
    千呼万唤始出来，犹抱琵琶半遮面。

  一曲唱罢，小白立即拍掌叫好："薛姑娘真是好才情，你作的这首诗不同凡响，的确是首好诗。"
  我说道："我可没有这么好的才情，这首诗不是我作的。它是当代一位大才子作的。"
  "这位当代大才子是谁？我怎么不知道？"他有点纳闷儿。
  我也感到纳闷儿，他自己作的诗怎么竟会不知道？忽然，我脑筋一转，明白了其中的道理，他此时青春年少，刚考中进士，正是少年得志、春风得意之时，不可能写出那种沦落天涯，失意惆怅的心境。这首《琵琶行》不是他现在的作品，而是他人到中年后被贬官为江州司马，夜泊浔阳江头，相逢琵琶女，因为同情她的遭遇，生发"同是天涯沦落人"的感慨，才作出了这首诗。
  想明白了这个道理，我对他说："这首诗名为《琵琶行》，流传千年而不衰，你现在不必问作者是谁，日后你自然会知道。"

小白一头雾水，不明所以。

我转移了话题，问道："听说你在京城长安做官，怎么会到成都来了？"

小白答道："我在长安待腻了，趁着休假，想出来玩玩，听说成都物丰人美，所以就来此地游玩了。"

我说道："成都的幺妹确实都很美，有句话叫作，到了京城才知道官小，到了成都才后悔成亲早。"

小白道："幸好我还没成亲，仍是自由之身，可以来成都，也无人管束。"

我说："你是当官的，到青楼嫖妓还用自己亲自来吗？"

小白说："我若不亲自来，又该如何呢？"

我说："派个人替你来就行了。"

小白一愣，问道："这种事情有派人来的吗？"

我嘻嘻一笑："刚才是和公子开个玩笑，要想寻欢猎艳，当然还需要自己亲自来。"

"就是嘛，我今天真没白来，猎取到了一位艳女。"小白的笑容有些暧昧。

我心里忽然感到有一些不舒服，我在他眼里只不过就是一个风尘女子，一个供他随意猎取的玩物。

我说道："白公子少年才俊，学识过人。在同期考取进士的十七人中你是最年轻的一个。像你这样的大才子，要想猎取美女那太容易了，恐怕猎取到的美女不止我一个吧？"

小白自得地说："确实不止你一个，我阅人无数，但你是我见过的青楼女子中最漂亮的一位。"

我淡然道："不敢当。"

小白问道："你怎么知道，我在同期考中进士的十七人中是最年轻的一个？"

我说道："你自己写的诗，慈恩塔下题名处，十七人中最少年难道已经忘了吗？"

小白哈哈笑道："没想到薛姑娘如此了解我。"

我心里说，我当然了解你，我读过唐代诗人传记。知道你日后不但妻妾成群，而且还蓄养了几名艳丽的家妓，这几个人的芳名分别是菱角、谷儿、红绡、紫绢，她们个个都能歌善舞、多才多艺。你还为此写诗炫耀："菱角执笙簧，谷儿抹琵琶。红绡信手舞，紫绢随意歌。"你吃着碗里的，看着锅里的，家里有再多娇妻美姬，照样出去嫖妓。你写的《感故张仆射诸妓》诗云："黄金不惜买蛾眉，拣得如花四五枝。"你一到成都就逛妓院，找小姐，像你这样的好色男，长得再帅，再有才，我也不会真正喜欢你，我只欣赏你的诗，而不喜欢你这个人。不过既然你已花了一百两银子要和我耍耍，我也不妨和你虚与委蛇。

我拿过酒壶，斟满两杯酒，举杯说道："我们再喝一杯吧。"

小白举起酒杯，随口吟诵道："尊酒未空欢未尽，舞腰歌袖莫辞劳。"吟罢，他举起酒杯与我一同干了。

若干年后，小白将他的好友元稹介绍给我，元稹对我一见倾心，曾与我相好月余。小白与元稹同科中进士，私交甚笃，可谓是一对"知心"好友。然而在把元稹同学介绍给我之后，小白却又后悔了，为表达对我的爱慕，写了一首《与薛涛》的诗：

峨眉山势接云霓，欲逐刘郎此路迷。
若似剡中容易到，春风犹隔武陵溪。

他在诗中引用刘郎（刘晨）进山遇仙女的典故是想告诉我，我与元稹的"爱情"如同刘郎遇仙女相爱又离别一样不会长久。因为元稹朝三暮四。同时还暗示我：他和我相距遥远，不似"剡中容易到"，否则他早就再来找我这位仙女了。有意思的是，小白自编《白氏长庆集》未收录此诗，而是将其收录在《外集》中。他这样做的原因是《白氏长庆集》要邀请元稹作序，小白不好意思把这首诗拿给元稹看。由此可见他有些心虚。此乃后话。

## 八 浴室偷窥

第一天登台,我就艺惊四座,引起轰动,而且还为肥婆挣了一百两银子。肥婆对我很满意,夸我精心准备的节目很精彩。为了奖励我,她还提高了我的待遇,赏给我一个十四五岁的小丫鬟,名叫春红,让她伺候我的生活起居。

回到寓所,我感觉有些疲惫,想泡个热水澡放松一下身体。

我吩咐丫鬟春红:"你去把我的浴桶洗干净,然后放满一桶热水,我想洗个热水澡。"

春红顺从地答道:"是,小姐。"

"你叫我什么?"我问。

"我叫你小姐啊。"春红说。

"你以后别再叫我小姐了,我不喜欢这个称呼。"

在我们 21 世纪,"小姐"可不是一个好称谓,只有那些从事特殊服务的女孩儿才叫小姐呢。

"那我叫你大姐行吗?"春红问道。

"我有那么老吗?"我对大姐这个称呼也不满意。

"那我叫你什么呢?"春红又问。

"你就叫我姑娘好了。"

"是,姑娘。"春红答道。

春红出去吩咐龟奴烧水,然后她利用烧水的时间为我把浴桶洗干净了。过了一会儿,两名龟奴抬来了一桶烧好的热水。春红让他们把热水倒进浴桶。水不够满,春红吩咐两个龟奴再去抬一桶水来。两人答应一声便出去了。又过了一会儿,两名龟奴又抬来一桶热水,把我的浴桶注满,然后退了出去。

我走进里间的浴室，看见春红在浴桶里放进了一些红色的花瓣，花瓣漂浮在水面上，带着一丝芳香的气息。呵呵，难道唐朝就有 SPA 芳香水疗吗？

侍立在旁的春红说："姑娘，让我服侍你洗浴吧。"她伸出手要帮我脱衣服。

我挡开春红的手，说道："不用你服侍了，让我自己来洗，你出去吧。"

"是。"春红转身出去了。青楼里的丫鬟果然乖巧听话。

我放下布门帘遮住浴室。然后脱去衣服，来到浴桶边，弯腰伸手试了试水温，水有一点点烫，等凉一点再洗吧。我直起身走到梳妆镜前，镜子里面映现出一个裸体美女。虽然已经卸去了演出的彩妆，我的容貌依然美艳无比。看着镜中的我。我忽然觉得这张脸很像另外一个人的脸，这张脸到底像谁呢？我似乎有些失忆，一时想不起来了。既然想不起来，就暂且不去想了，可是不想出来我又觉得心里放不下，于是我搜肠刮肚地想啊想，想了半天还是没想出来。这个人好像是我很熟悉的一个人，又好像是离我很遥远的一个人。

照完镜子，我回身走到浴桶边，又伸手试了试水温，这时水温刚刚好，我进入浴桶潜下水去。

哇，泡在水里，好舒服啊！

我曲身坐在浴桶里，打量着自己赤裸的身体。作为女性来说我的身材非常棒。乳房丰满，腰肢纤细，臀部浑圆，双腿修长。我的皮肤也很好，洁白如玉，滑如凝脂。这样的身材简直太完美了，如果有哪个男人偷看了我的身体，一定会被魅惑得两眼发直，浑身酥软，走不动道。

这个薛涛无论相貌还是身材都是一流的，真是个尤物。如果我现在还是男人的话一定会爱上她。忽然，我想起我在大学时代的暗恋对象陶雪，她的相貌身材也如此完美。我立刻意识到，原来我现在的相貌很像陶雪。难道她在前世是薛涛？

回想当初，我对陶雪曾日思夜想，却不能一亲芳泽，真想不到而今我却拥有了与她一模一样的容貌和身材，这太叫人不可思议了，简直是匪夷所思。

## 浴室偷窥

在穿越到唐代之前，我作为男人，爱美色是一种本能。那时候如果我见到女人的裸体可能会脸红心跳，血流加速。现在我变身为薛涛，身为女人，虽然我还保留了一些以前的男性思维，却对女人的身体不感兴趣了，再面对女性裸体时已经变得无动于衷。观看着自己香艳的女性裸体，我只有欣赏和满足，而没有一丝一毫的性冲动。因为随着自身生理构造的改变，我的性取向也随之发生了明显的变化。大概是因为我体内的荷尔蒙已经变成了女性荷尔蒙，所以我现在只对帅哥感兴趣，对女性不感兴趣了。

正当我闭着眼睛泡在浴桶里胡思乱想时，忽然感到浴室内有一种异常的气息，让我觉得十分不自在，黑暗处似乎有个男人在偷偷窥视。

我猛地睁开眼扭头一看，浴帘缝隙处果然露出半张脸，有一只阴森的贼眼正在盯着我。

我惊叫了一声："谁？"

没有人应声。浴帘后面，那只幽灵般的贼眼仍然一眨不眨地盯着我，看得我浑身直发毛。

屋内，昏黄的烛光摇曳闪烁，忽明忽暗，更增添了几分恐怖的气氛，令人感到毛骨悚然。

我壮着胆子大声说："是谁躲在帘子后面装鬼吓人？你再不走，我可要喊人了。"

躲在帘后的人知道被我发现了，他不但没有转身溜走，反而一挑帘子走了进来，脸上还带着一丝淫邪的坏笑。

只听那人用狎昵的语调说道："我的小宝贝儿，别怕，你看看我是谁？"

一个形象猥琐的男人出现在我面前，他那标志性的小眯缝眼已经挤成了一条缝，原来他是笑面虎李推官。

这个李推官自从收养了我之后，以前还算比较规矩，没有调戏过我。大概以前我年龄小，身体还没发育成熟，女性特征不明显，所以没有勾起他的欲望。今天他看了我在舞台上的首秀演出，一定是被我风情万种的舞姿和性感成熟的身体迷住了，因此才对我起了邪念。

我心里有些惊慌，不知现在该怎么办。由于全身赤裸，我蜷缩在浴桶里不敢出来。

李推官淫笑着，一步步朝我走了过来。

走到浴桶边时，他猛然伸手把我抱出浴桶放在地上，不顾我身上的洗澡水还在湿淋淋地往下流淌，搂住我的身体，企图强暴我。

我的双脚刚一着地，忽然不知道从哪儿来了一股力气，立刻抬起右腿，用膝盖狠狠地向李推官的裆部顶去。我这一招叫作膝顶，是一招很厉害的防身术。在来到唐朝之前，我曾经在武术学习班学过几招三脚猫的功夫，现在遇到意外情况，我竟然急中生智使了出来。

李推官"啊"的一声惨叫，用双手捂着裆部，龇牙咧嘴，表情痛苦地蹲了下去。

哈哈！痛吧？活该，谁让你对我没安好心。

趁李推官蹲在地上痛苦呻吟之时，我连忙拿起衣服，匆匆穿在身上，准备离开浴室。

忽然，李推官猛地站了起来，状如饿虎般向我扑来，仿佛要把我一口吞掉。我抬起右拳，以迅雷不及掩耳之势，一拳击在他的左眼上，他的左眼被打得金星乱冒，看不清东西了。我又趁机挥出一拳，打在他的右眼上，他立刻被我整成了国宝。

李推官万万没想到，我外表看似柔弱，其实却是个女汉子。他猝不及防，被我打倒在地，杀猪一般号叫起来。

我也大声喊起来："来人啊！快来人啊！"

听到喊声，春红马上跑了进来，身后还跟着两个龟奴。看到李推官躺在地上，两只眼睛变成了熊猫眼，春红惊慌失措，不知如何是好。

我对春红说："快去把老板娘叫来。"

春红转身出去了。

不一会儿，肥婆一颠一颠肥肉乱颤地跑了进来。

看到自己老公躺在地上两眼乌青的惨样，肥婆问道："这是谁干的？"

李推官用手指着我说："是她，她打我。"

肥婆怒道："好啊，你这小贱人，好大胆子，竟敢动手打主人。"

不等我开口，肥婆回身命令龟奴："把她给我捆起来。"

两个龟奴上来就要捆绑我。

我喊道："是他先要调戏我。"

肥婆吼道："先给我捆起来再说。"

两个龟奴不容分说七手八脚将我捆了起来。

我嘴里大喊："我冤枉！我冤枉！"

肥婆说道："别喊了，有什么冤枉，你现在说吧。"

我说："刚才，我正在浴室里洗澡，他偷偷溜了进来，他想要，想要……"

肥婆问："他想要干什么？"

我说："他想要强奸我，刚才他把我搂住不放，所以我才动手打了他，我这是正当防卫。"

肥婆狠狠瞪了李推官一眼，说道："你这花心的老东西，总是不老实，又想偷腥了是不是？"

李推官有点怕老婆，知道自己理亏，低下头不敢说话了。

我对肥婆说："你相公真不知足，有你这样如花似玉的漂亮夫人在身边，他还吃着碗里的，看着锅里的，总惦记别的女人。你可得好好管教管教他。"

谁都喜欢听恭维话，听到我夸她漂亮，肥婆咧开嘴笑了："你说得对，是该好好管教管教他。"

我说："那你先给我松绑吧。"

"不行，你也该打。"没想到肥婆还是不肯饶我。

"你这个小贱人，胆子也太大了，竟敢打我相公，今天我若不教训教训你，以后你还不反了天了。"

肥婆叫龟奴取来一条皮鞭，要让龟奴抽我。

我大喊道："慢着，明天费老爷出价二百五十两白银让我去陪他，你要是把我打坏了，我明天不能陪他，那二百五十两，你可就挣不到了。"

肥婆犹豫了一下，说道："咱家不缺那点儿钱，我宁可不要那二百五十两，也要先把你调教好了。"

她命令龟奴："给我打！"

龟奴举起了鞭子。

我又大声喊道:"你要是把我打坏了,以后就永远别指望让我替你挣钱了。"

肥婆对龟奴说:"别打她的脸,脱掉裤子,打她屁股。"

## 九 再次登台

恰在此时,一个龟奴匆匆忙忙跑了进来,对肥婆说:"官府派人通知咱们,明天将有一位大官要来咱们天香楼摆宴,并且点名要薛姑娘陪宴。"

我嘻嘻一笑,对肥婆说道:"你若把我屁股打肿了,我坐不了椅子,坐下来就屁股疼,别管他是什么大官,对不起,明天我都不陪他玩儿了。"

这回肥婆可真傻眼了,打又打不得,放又不愿放,一时之间不知道该拿我怎么办了。

春红在旁边替我求情道:"我看还是别打薛姑娘了吧。如果真把她打坏了,明天她不能陪宴,咱们无法向官府交代呀。"

肥婆无奈,只好下令:"给薛姑娘松绑。"

绑绳松开后,我活动了一下有些发麻的胳膊腿,拍了拍春红的肩膀表示感谢,然后不客气地坐在椅子上,摇晃着二郎腿,不去理睬肥婆,连个谢字也没说。

肥婆脸上一阵红一阵白,想要对我发怒却又不敢。最后肥婆强压怒气,对我说:"姑娘别生气,刚才我是跟你闹着玩儿呢。这件事情不怪你,都怪我家那个老色鬼,回去之后我一定好好管教管教他。"

我假装大度地挥挥手说:"算了,你就饶了他吧,毕竟你们是两口子,你舍不得打他,也舍不得骂他。"

肥婆心里生闷气,嘴上却不敢说出来,心里肯定暗暗骂道:"你这个小贱人,别太得意了,等你陪完了大官之后,看我回来怎么收拾你。"

现在，成都满世界都在疯传：天香楼那个艳妓薛涛可真是不得了。脸儿俏得跟卓文君似的，皮肤白得跟杨玉环似的，身材美得跟赵飞燕似的，艳舞跳得跟孙窈娘似的。咱们本地大财主费朱和那个从京城来的新科进士白居易为了她争风吃醋，差一点儿打起来，大财主费朱出价二百五，薛姑娘却根本不搭理他，大概嫌他长得丑。最后还是白公子出价一百两银子包下薛姑娘。看来薛姑娘还是喜欢小白脸。

第二天，当我再次登台演出的时候，全场座无虚席，由于已经没有空座位了，许多人就站着看我的表演。

既然有这么多人给我捧场，我也要卖点力气。这一次，我没有重复上一次的节目，而是跳了一个新的流行舞，这支舞名叫《江南Style》，在我来唐朝之前它是一支火遍全球的劲舞，这段舞蹈的视频网上点击量超过了四亿次，联合国秘书长潘基文盛赞这支舞，称它为世界和平作出了极大的贡献。既然韩国大叔把它上升到有利于世界和平的高度，为了和平，咱也跳一回吧。

虽然《江南Style》在韩国是由鸟叔首演的，但火起来后，女人也喜欢跳，有韩国体坛第一美女之称的孙妍在就曾率领一众美女大跳特跳。我的舞姿别具一格，跳起马步舞更显得诙谐风趣，喜感十足，给观众们带来了难得的轻松和愉悦。

一支舞跳罢，台下立刻掌声雷动，欢呼声震耳欲聋，一浪高过一浪，几乎都要爆棚了。我几次三番返场谢幕，观众们就是不肯让我下台。

舞台监督拦住我，让我应观众的请求加演一个节目。

有个观众在台下大声喊："薛姑娘，听说你能歌善舞，再给大家唱支歌吧。"

我在考虑到底唱一支什么歌呢？

要论唱歌嘛，那也是我的强项。以前每次去KTV我都手握麦克风不放，别人都说我是麦霸。可是我虽然会唱很多歌，但我会的都是21世纪的流行歌曲，不会唱唐朝的歌，现在唱什么歌好呢？我灵机一动，听说满世界都传说我皮肤白得像肤如凝脂的杨玉环似的，那我就演个杨贵妃给你们看看。

我弹起琵琶，轻启朱唇，开口唱出《新贵妃醉酒》：

> 爱恨就在一瞬间
> 举杯对月情似天
> 爱恨两茫茫
> 问君何时恋
>
> 菊花台倒映明月
> 谁知吾爱心中寒
> 醉在君王怀
> 梦回大唐爱

我原来是个男高音，现在我变身为薛涛，嗓音也改变了，变成女高音了，唱起歌来细润高亢，听起来清脆悦耳，似乎更有一种动人的感染力。

当我唱完这首歌的时候，台下的观众议论纷纷，台上的是杨贵妃吗？杨贵妃不是已经在马嵬坡自尽了吗？她大概是杨贵妃转世吧？

我心里暗笑：我哪里是杨贵妃转世，我是张生回大唐啊。诸位现在可能还不知道，我在21世纪的名字叫张生。这个名字很容易记住，因为《西厢记》里的男主角就叫张生。

有个小女孩捧着一束鲜花跑上台来，把那束花献给了我。我亲了小女孩一下，然后把花高高举过头顶向观众致意。掌声和鲜花，让我有一种成为明星的感觉，这种感觉似乎很美妙，令人有点飘飘然。

这时候我在人群中又看见了肥猪，他站起来腆着大肚子举起双手，一只手的两根手指呈V字型，另一只手五指伸开。我不明白他这是啥意思，只听他嘴里喊着："二百五，二百五。"

唷，这家伙可真够二百五的。

有个光头的矮子从人群里钻了出来，他个子虽然矮，穿得倒挺阔气，一身金丝锦袍，手上还戴了十个大金戒指，每根手指头上都套了一个。看样子大概是个新暴发的土豪。

那矮子冲肥猪一摆手，说道："你到一边儿待着去，二百五你就想让薛姑娘陪你，做梦去吧，老子出三百两。"

　　呵呵，这个矮子出手倒还真挺大方，我不由得打量了矮子一眼，据我目测，他的净身高不会超过一米四九，大概比武大郎还矮一点点。

　　肥猪朝矮子骂道："哪儿来的小矬子？谁的裤腰带没系好，把你给露出来了。就你，你也配让薛姑娘陪你？"

　　台下一片哄笑之声。

　　肥婆在台上挥手示意众人安静，然后大声喊道："你们谁也别争了，薛姑娘今天被官府的大官包了。"

## 十　陪宴赋诗

　　我心里想，不知这个大官长得啥模样，他咋还不露面？万一他长得也像肥猪和矮子那么惨就糟了，我可没兴趣陪他，我只愿意陪帅哥。这时我看到人群里站着一个帅哥，我摇着手中的鲜花说道："那位大官现在还没来呢，我把这束花抛下去，如果你们有谁能把它抢到手，我就先陪他一会儿。"

　　说完这句话，我用力把手中的花束向那位帅哥抛去。我把花抛得很高，肥猪太胖，跳不动。矮子太矮，够不着。

　　忽然，我眼前一花，一个身影如利箭般射向空中，眨眼之间那束花就已握在这个人手里。谁都没看清花是怎么到他手里的。

　　好快的身手！好俊的轻功！

　　一位年轻英俊的武生手持花束立于台前，此人身高八尺，膀宽腰细，头戴束发紫金冠，二龙斗宝抹额，身穿扎巾箭袖，外罩大红英雄氅，足蹬一双薄底快靴。往脸上看，只见他，两道剑眉斜插入鬓，一双俊目炯炯有神，真是威风凛凛，相貌堂堂。

　　"呀！原来是王灏，王将军。"有人认出了此人。

　　又有人问道："是那位跟随西川节度使韦皋出征，前不久刚刚得胜归来的王灏将军吗？"

　　"不错，正是此人。"

　　"听说此人武艺出众，从来没打过败仗，是个常胜将军。"

　　"是的。"

　　"没想到王将军竟然这么年轻。"

　　"这有什么奇怪，汉朝率领数万大军，大败匈奴于漠北，立下赫赫战功的骠骑大将军霍去病，当年也只有二十出头呀。"

王将军朝我招了招手，轻轻说了一句："请跟我来。"

今天我运气不错，又遇到一位帅哥。我跟随王将军走进了他的包厢。

这个包厢是一个非常豪华的套间，高端大气上档次，大概相当于今天的五星级酒店套间。外间是一个敞开的门厅，木栏边有一排软榻坐椅，客人们可坐在这里凭栏观看演出。里面是一个雅间，装潢精美，古色古香，室内摆着一桌丰盛酒席，五六个客人围桌而坐，正面主位坐着一位中年男人。

王将军向那人行了一礼，然后向我介绍说："这是我家主公韦皋将军。"

原来要我陪侍的不是王帅哥，这位韦皋将军才是正主。

我打量了一下这位韦将军，见他身穿考究的银丝锦缎官袍，面皮白净，疏眉朗目，颏下三绺墨髯，虽然是武将，却有一股儒雅的风度，如果他再手持一柄羽扇，那简直就像诸葛武侯重生，睿智潇洒，气韵不俗。

"韦将军在上，小女子这厢有礼了。"我向韦皋低头施礼。

韦皋看了看我，说道："姑娘不必多礼，请坐吧。"

身旁的王将军很有风度地伸手示意，引我入席就坐。然后王将军坐在了我的旁边。今天在座的这几位，除我之外，全是朝廷官员。

"你就是薛涛吗？"韦皋开口问道。

"不错，小女子正是薛涛。"

"刚才一曲《新贵妃醉酒》，词妙曲美，是薛姑娘自己作词作曲吗？"

"小女子无才，让将军见笑了。"我嘴里含糊其辞。

韦皋又问："薛姑娘是哪里人氏？"

我回答道："我本是长安人氏，生于长安，后来随父母入蜀在成都安家落户了。"

"这么说，我们还是老乡呢，我也是长安人。"韦皋显得很高兴。

"能与韦将军同乡，乃小女子之荣幸。"我说道。

"姑娘年纪轻轻便才艺超群，实在难得。"韦皋说。

"韦将军过奖了。"

"一名好的乐妓不仅能歌善舞,还要会作诗,你会作诗吗?"

"小女子惭愧,我虽会作诗,但作得不好。"

韦皋说道:"你不必谦逊,今日在这酒宴之上,当着在座诸公之面,我想试一试你的才学,请你即席赋诗一首,如何?"

"小女子才疏学浅,不敢在诸公面前卖弄。"

韦皋面色微沉,似乎有点不高兴。

王将军在旁边鼓励我道:"姑娘不要害怕,只管大胆赋诗就是,这只不过是席间凑趣娱乐而已,你的诗无论作得好与坏都没关系,韦将军不会怪罪你的。"

我看了一眼王将军,此人不但外貌英俊,而且心地善良,我心里暗暗对他生出好感。

"好吧,那就请韦将军命题吧。"我对韦皋说道。

韦皋举目四顾,看到墙壁上挂着一幅工笔牡丹图,画中牡丹明媚鲜艳,煞是好看,于是,便用手指着这幅画说道:"就以这牡丹花为题吧。"

旁边有一条几案,上面摆放着文房四宝。我走到几案前,提起笔,蘸饱墨,略微一思索,一首吟咏牡丹的诗一挥而就:

去年零落暮春时,泪湿红笺怨别离。
常恐便同巫峡散,因时重有武陵期。
传情每向馨香地,不悟还应彼此知。
只欲栏边安枕席,夜深闲共说相思。

面对画中盛开的牡丹,我不从眼前落墨,却把牡丹比作多情的恋人,从去年暮春牡丹零落时下笔,幽怨别离,泪湿红笺。随后笔锋一转,信手拈来《高唐赋》中巫山神女的离散故事,给花和人涂上了一抹梦幻色彩。再引用《桃花源记》中武陵渔人发现桃花源的典故,又给花与人增添了几分浪漫情调。全诗用拟人化的手法把人与花的恋情写活了,趣典妙用,曲折迷离。人花相思,花人共感,婉约诗情跃然纸上,见诸笔端。

我一边书写一边吟诵,吟诵一停诗已写就。韦皋文武双全,精通文墨,他起身走到案前观看,不看则罢,一看诗稿,惊讶不已,只见我手书的诗稿毫无女子气，笔力遒劲阳刚，字体潇洒俊逸，行书走笔颇似王羲之的风格，他不禁从心底大加赞赏。

韦皋从几案上拿起我的诗稿，递给席上的各位宾客传阅，其他几人看了之后也都赞不绝口，甚为叹服。

韦皋却说："牡丹花乃是名花，吟诵牡丹者很多，想必你从前也曾经吟诵过牡丹，肚里已有腹稿，所以能够信手拈来，下笔便成诗。"

我说："我肚里并无腹稿，这首诗确实是我即兴所作，将军若不信，可以另出一题，让我再试作一首。"

韦皋走到窗前向外望去，见窗外草地上长着一种小草，这种草两两绿茵相伴，形似鸳鸯，故此得名鸳鸯草。韦皋心里想：大概以前无人以此为题作过诗，今天我就再考考你。于是韦皋转过身对我说："就以窗外的鸳鸯草为题，你再试作一诗如何？"

我走到窗边，展目向外观看了片刻，然后回到几案前，铺纸润笔，刷刷点点，又写成一首小诗：

绿英满香砌，两两鸳鸯小。
但娱春日长，不管秋风早。

酒席上的几人看了之后立刻全都拍掌叫好，齐声夸赞。韦皋也笑逐颜开，说道："姑娘果然才思敏捷，诗情绝妙！"

从此我的诗名不胫而走，越传越广，不久，成都几乎人人知晓天香楼有个艳妓薛涛，不仅年轻貌美，而且诗才过人，书法高妙。

# 十一 签订契约

肥婆今天似乎很开心，总是乐呵呵的，嘴角都快咧到耳根上去了。原来她发了一笔横财，韦皋将军给了五百两银子，作为我侍宴赋诗的酬金，这笔银子全部都被肥婆拿去了。

见到我，肥婆拍拍我的肩膀说："你今天表现得不错，将功赎罪，我就不再追究你打我相公的事啦，但也不给你奖励了。你以后好好干，挣钱多了，我会好好奖励你。"

我心里有气，我的演出收入全部归了她，她不高兴就不给我钱，高兴了奖励给我仨瓜俩枣，反倒像给了我多大恩赐似的。

我开口说道："以后我挣了钱，我不要奖励，我只要提成。"

"什么是提成？"肥婆问道。

"提成就是按照每次演出收入的一定百分比给我银子。"我解释道。

"啥叫百分比？"肥婆又问。

"比如今天收入了五百两银子，你我各得百分之五十，这就是百分比。"我再次解释道。

"啥叫百分之五十？"肥婆还是不明白。这个傻二，一点儿数学知识都没有。

我只得耐心解释："比如收入了五百两银子，你二百五十两，我二百五十两。"

这一回肥婆终于听明白了。

"不行，不行，我把你从小养大，你一直在我家白吃白喝，现在刚能挣钱了，你就要和我平分银子，这可绝对不行！"肥婆表示不同意和我分成。

"好啊，那我从明天起就不再登台演出了。"我向肥婆宣布罢工。如今我已名声大震，成为天香楼的金字招牌，她一定不敢把我怎么样。

肥婆果然服软了，赔着笑对我说："要不这样吧，我和姑娘二八分成，你看行不行？"

"谁拿二，谁拿八？"我问。

"姑娘拿二，我拿八。"肥婆答道。

我说："二八分成不行，我可以和你三七分成，我拿三，你拿七。"

"好，一言为定。"肥婆总算同意了这个分成方案。她在心里暗想，我先口头上答应你，反正你挣的钱都拿在我手里，到时候我不和你分成，你也拿我没办法。

我猜出了肥婆内心的想法，于是说道："你只是口头上答应我不行，空口无凭。"

"那你说要咋办？"肥婆问道。

"我要签合同。"我答道。

"啥？你要吃核桃？"肥婆跟我装傻。

我说道："不是吃核桃，是签合同，也就是立字为据，签订契约。"

"姑娘真精明，老娘我服了你了，好，就依姑娘吧。"肥婆终于同意签订契约了。契约写好后，我俩在上面签了字按了手印。

由于我已成为头牌名妓，身价与日俱增。几天之后，我又为天香楼赚到几百两银子。可肥婆见到我却似若无其事，闭口不提给我提成这件事。

我忍不住问她："你没忘了吧？我们签过契约，挣到了钱，你要给我提成的。"

"我当然没忘，你放心，我心里记着呢。"

"那你为啥不把提成款给我？"

"还没到日子呢。"

"啥时算是到日子？"我问道。

"那就得由我说了算了。"肥婆得意地说。

## 签订契约

　　我心想：糟了，是我一时疏忽，忘了在契约里写明给付提成款的具体时间了。如果在契约里写明提成款每日一结就好了，那就不会让肥婆钻空子了。现在主动权已掌握在肥婆手里，付款时间完全由她说了算，我该怎么办呢？

　　我十分后悔，我以前曾学过合同法，我知道合同条款里应当写明付款时间。我怎么竟然把这一条忘了，反倒被肥婆这个法盲给耍了。肥婆还说我精明，其实她比我精明得多。

　　我对肥婆说道："我们签订的那个契约不够完善，里面没有写明付款的具体时间，所以需要增加一个补充条款，写明付款的具体时间。"

　　肥婆说："我不同意增加条款。你是在契约上签过字按过手印的，契约一经签订就不能单方随意修改增删，你知道不？"

　　这个臭肥婆，她反倒给我讲起法律知识了，看来她不是一个法盲，还挺懂法的。

　　我说："契约里不写明付款时间，你若拖个十年八年的，叫我怎么办？"

　　肥婆嘿嘿一笑："姑娘别担心，我不会把事情做得那么绝。"

　　"那你打算啥时候跟我结账？"我问道。

　　"这样吧，每月月底我跟你结一次账，把该给你的钱给你。"

　　我拿肥婆毫无办法，看来也只好如此了，就当她每个月给我发一次工资吧。

　　"你说话可要算数，到月底可不能再不给我钱了。"我说。

　　"我说话一向算数。"

　　我看了看身边的丫鬟春红，说道："她说的话你都听到了，她如果说话不算数，你可要帮我作证。"

　　春红惧怕肥婆，低头不敢言语。

　　现在是月中，离月底还有十几天，到时肥婆能遵守承诺吗？

　　时间过得很快，月底转眼就到了。

　　见到肥婆，我对她说："今天可是月底了，你没忘吧？"

　　肥婆嘿嘿一笑说："你去账房领银子吧。"

　　呵呵，还不错，她还没忘记对我的承诺。

我来到账房，对账房先生说："老板娘叫我来领银子。"

账房先生抬眼看了看我，然后慢吞吞地从柜里取出五两银子递给我。

不会吧？怎么这么少？才五两银子。

我对账房先生说："你有没有搞错？"

"没错，老板娘吩咐我，就给你五两银子。你若不信，自己问老板娘去。"

好啊，你这个臭肥婆，竟敢克扣我的工资！不行，我要找你理论理论。

我怒气冲冲地来到肥婆面前，开口问道："契约里面有约定你和我收入三七分成，为什么这个月才给我五两银子？"

肥婆反倒问我："那你说说你这个月挣了多少钱？"

这一下真把我问住了，因为每次都是由肥婆负责收钱，客人究竟给了多少钱只有她知道，我并不知道具体的收入数额。

我说："至少也有几百两银子吧。"

"你有什么证据证明吗？"

这下子又把我问傻了，我手里确实没掌握任何证据。看来我以前真是低估了肥婆的智商，这个胖家伙可真不白给，我又被她忽悠了。

肥婆又说道："你不要嫌少，一个九品官的月薪也就才五两银子。何况我又管你吃管你住，五两银子只是你的零花钱，绝对够你花了。"

我不甘心地说："不是我嫌少，是我被你侵吞得太多了，你小心我去告你。"

"你告我什么？"

"我告你违反契约，要求你承担违约责任。"

"哈哈，你去告啊，我倒要看看你能不能告得赢。"肥婆满不在乎，好像并不怕我告她。

我明白了，他老公李推官就是从事判案工作的，他的官职相当于今天的中级法院院长，有这样的老公做靠山，肥婆当然有恃无恐。我心里暗想，暂时隐忍一下吧，要和肥婆斗智，不能斗气。我先让你得意几天，等以后有机会再来收拾你。

另外我也在想，前几日我在酒席宴上陪侍的韦皋将军，据说是西川节度使，那可是一个大官，整个西川再也没有比他更大的官了。那天他还和我认老乡呢，他好像有点儿喜欢我。如果哪一天我能再见到他，我要在他面前告肥婆一状，让韦皋将军为我做主，好好整治整治臭肥婆。

## 十二 脱离青楼

忽然有一天，韦皋又来到天香楼，这一次他身边只有王将军一人。

韦皋仍然点了我的名，要我陪他喝酒聊天。

酒过三巡，韦皋问起我的身世。

我把父亲因公殉职，母亲病死，自己被迫沦入风尘的悲惨经历大概讲述了一遍，讲到伤心处，不禁悲从中来，双目垂泪。我掏出手帕拭干泪水，然后轻轻吟出一首诗：

峨眉山下水如油，怜我如同不系舟。
何日片帆离锦浦，棹声齐唱发中流。

韦皋似乎被感动了，举起杯中酒一饮而尽，连声感叹道："好诗！好诗！你的诗勾起了我的乡情，作为你的老乡，我能感受到你心中的愁苦，如果有什么需要我帮你的，你尽管跟我说。"

"你真的能帮我吗？"

"当然能。"韦皋表情严肃，看来他是认真的。

"我想离开天香楼。"我说道。

"像你这样才华横溢的才女，待在这天香楼里做一名乐妓确实屈才了。"韦皋说。

"屈才倒不打紧，主要是我在这里经常受欺负。"

"谁敢欺负你？你跟我说。"韦皋一拍胸膛，"我给你做主。"

"李推官和他夫人一起欺负我，他们……"我欲言又止。

"接着说啊，他们怎么欺负你啦？"

我问："你能管得了他们吗？那李推官可是个当官的。"

韦皋哈哈一笑道："李推官算个屁，我不是说大话，巴蜀方圆千里之内，就没有我管不了的人。"

韦皋确实不是说大话，他时任西川节度使，金吾大将军。其官职相当于现代的四川省省长兼成都军区司令员。像他这样手握重兵的封疆大吏连皇帝都惧他三分，一个推官更不在话下。西川治下大小官吏全归他管。

既然他能给我做主，我还怕什么呢？于是，我把李推官如何逼良为娼把我充入乐籍，如何在浴室调戏我以及肥婆如何克扣我的工资等事情全都对韦皋说了。

"此二人着实可恨！"韦皋对身边的王将军说，"你去命他们两个来见我。"

"是。"王将军转身出去了。

不一会儿，李推官和肥婆被王将军带了进来。

见到韦皋，两人躬身行礼，口中说："拜见韦将军。"

韦皋厉声说道："现有薛姑娘告你二人逼良为娼，调戏少女，克扣薪金，可有此事？"

两人吓得双膝跪倒，摇头摆手道："没有此事，没有此事。"

我说道："你李推官可真会推呀，你们是一推六二五，啥也不承认是不是？"

肥婆狡辩道："这本来就是没有的事，你若说我们做了那些坏事，请你拿出证据来，如果你拿不出证据，你就是诬陷。"

好厉害的肥婆，反咬我一口，说我诬陷他们。我上哪儿找证据呢？忽然我想起了春红，于是说道："丫鬟春红可以为我作证。"

韦皋下令："传春红。"

很快，春红被带了进来。

我指着李推官对春红说："那天他偷偷溜进浴室调戏我，你是亲眼看见的。"我又指着肥婆说："那天这肥婆承诺和我三七分成却不守信，你也是亲耳听到的。现在你是唯一的证人，你可一定要为我作证啊！"

春红看了一眼李推官，又看了一眼肥婆，张了张嘴，却不敢出声。

韦皋问道："你为什么不说话？"

"奴婢不敢讲。"

韦皋说："你大胆讲，无妨。"

春红吞吞吐吐："奴婢……奴婢……还是不敢。"

韦皋又说："你大概怕事后遭到主子报复。这样吧，你如果据实作证，事后我让你离开天香楼，到我的府上当丫鬟。你若敢拒不作证，我治你一个包庇罪。"

春红这才说道："薛姑娘说的句句都是实情，奴婢确实亲眼所见，我愿意为薛姑娘作证。"

"耶！"我高兴地喊了起来。

韦皋对李推官和肥婆说道："你们夫妻二人狼狈为奸，仗势欺压良善，应当从重治罪，本官命你二人交纳罚银五百两，每人重责十鞭。"

肥婆心疼银子，怯懦地问道："将军能否少罚些银两？"

韦皋说："多抽你十鞭，便少罚二百两。你是愿多挨打，还是愿多挨罚？"

肥婆说："我愿多挨打，多抽我十鞭，少罚我二百两吧。"

嘿嘿，这个胖家伙，舍命不舍财。

"好，抽她。"韦皋下令。

王将军把肥婆按倒在地，扬起马鞭向她的肥屁股抽去。

身为武将的王将军臂粗力大，鞭鞭啪啪见响。他只用了三分力气，肥婆就受不了了。肥婆自以为她的肥屁股肉多皮厚，多挨十鞭子没啥关系，却没想到王将军的鞭子这么重，疼得她哇哇怪叫。早知这么疼，还不如不要银子呢！

王将军打完肥婆，又打李推官。李推官瘦骨嶙峋，缺少肥肉护身，十鞭打完，这个猥琐男已是苟延残喘了。

打完李推官，韦皋对李推官和肥婆宣布："罚银三百两我就不收了，算作薛姑娘的赎身费，我替她赎了身。从今日起，薛姑娘及春红离开天香楼，我要将她俩带回我的府衙。"

韦皋位高权重，在西川一手遮天，他说的话李推官和肥婆自然不敢违抗，只好乖乖地让我和春红离开了天香楼。

## 十三 入住韦府

离开天香楼之后，韦皋把我和春红带入了他的将军府。从此我就在韦皋的府中住了下来。

韦皋喜欢宴饮，经常是三日一小宴，五日一大宴，每当设宴之时，总要请我前去陪宴赋诗，以助酒兴。

在将军府里，我听到了一些关于韦皋的传奇故事：

韦皋的身世很神奇。传说他在出生刚满月的时候，家里摆设筵席，请了许多寺院里的高僧前来为婴儿祈福，有一个癞头胡僧不请自来，毫不客气地在席上大吃大喝，韦皋一家人都对他冷眼相看。然而，当韦皋的母亲抱出婴儿让群僧祝福时，婴儿对谁都毫无反应。唯有那个癞头胡僧说了一句："别来无恙乎？"韦皋却好似听懂了一般，对这个癞头胡僧破颜一笑。

韦皋的母亲感到很奇怪，便问那个胡僧："高僧似乎以前就认识我家宝宝？"

癞头胡僧答道："我前生便与他相识，贵子乃是三国时期的蜀国丞相诸葛亮转世，长大之后必定成为蜀中大将，庇护蜀地一方平安。"

后来那胡僧的话果然应验了，韦皋长大之后战功卓著，荣任西川节度使，成为蜀地的守护者，将巴蜀大地治理得井井有条。

韦皋还是一个多情男子，坊间流传着一个韦皋两世姻缘的爱情故事。相传韦皋年轻时爱上了一个名叫韩玉箫的姑娘，因为报名参军出师远征，不得已离开韩玉箫。临行前他告诉玉箫，少则五年，多则七载，自己一定会回来迎娶她，并且赠给玉箫一枚玉指环作为信物。但韦皋因为率兵打仗，身不由己，无法按照当年的约定回乡迎娶玉箫。七年之后，痴情的玉箫姑娘因思念成疾不治身亡。家人将那只玉指环戴在她的中指上一同下葬了。十八年后，韦皋班师回朝时途经荆州，遇到了荆州节度使张延赏的女儿张玉箫，因为她与韩玉箫相貌及名字都相同，韦皋要迎娶张玉箫为妻，但张延赏不同意。后来经过皇上亲自调解，韦皋才与张玉箫结为伉俪。两人同床共枕时，韦皋发现张玉箫的中指上长着一个肉质的指环，与自己当年赠予韩玉箫的指环形状相同，方知道张玉箫就是韩玉箫转世。有感于此，韦皋写了一首《忆玉箫》的诗：

黄雀衔来已数春，别时留解赠佳人。
长江不见鱼书至，为遣相思梦入秦。

一天，我正在花园赏花，丫鬟春红跑过来对我说："韦夫人派人来传话，说想见见薛姑娘。"

韦夫人？就是那位转世托生的张玉箫吗？

我心里暗自揣测，她为啥要见我？是怕我勾引她老公？还是担心她老公想要包我做二奶？既然人家要召见我，那我就去会会她。也好当面跟她解释一下，打消她的这个顾虑。

我对春红说："走，陪我去见见这位韦夫人。"

韦夫人派来的小厮在前面带路，我和春红跟在后面前往韦夫人的住处。

韦皋的这座将军府很大，那小厮带着我们走了好一阵子，才到了韦夫人居住的内院。小厮上前敲门，院门打开，里面有个婆子迎了出来。婆子对我说："韦夫人正在里面等候薛姑娘，但丫鬟不能一同进去，请丫鬟随小厮去门房休息。"

将军府果然规矩多，连个丫鬟都不许带。我吩咐春红在门房候着。自己一个人跟着那个婆子走进内院。

这内院就像个花园，曲水回廊穿插其间。我随婆子走过几重七拐八绕的回廊，来到一处荷花池边。

忽然，我看见一头白胖胖的肥猪朝我奔了过来。快到近前时这头肥猪"汪汪"叫了两声。

咦！这头猪怎么会学狗叫？

我低头仔细一看，哪是猪呀，原来是一条肥胖的大白狗，正朝我龇牙咧嘴做欲扑状。都怪我的眼神儿不好，整日读书，眼睛大概变成二百五十度近视了，我竟然把这只肥狗看成猪了，真是笑话。不过这只狗也确实够肥的，真有点像猪。

那领路的婆子呵斥这条大狗："大白，老实点儿。"

这只大白狗根本不听老婆子的话，张牙舞爪，似乎马上就要扑上来咬我。

情急之下，我一把夺过了老婆子手里的拐棍，暂且拿它当作打狗棒吧。

我横棒在手，对着那条狗大吼一声："滚开！"

大白狗把狗眼一瞪，一点儿没有滚开的意思，看来这狗东西不怕我。

虽然我有点心虚，但绝不能让这狗东西看出来。

我说道："我堂堂七尺男儿……"感觉有点儿不对，连忙改口道："我堂堂女汉子难道还怕你这条笨狗不成？武松曾在景阳冈打虎，我今天要在将军府打狗。"

我使出洪七公当年的打狗棒法，挥棒朝那只肥狗打去。

这只狗看上去挺肥挺笨，没想到却颇为灵活，左躲右闪，我的棒子始终打不到它。几招过后肥狗转守为攻向我扑来，逼得我连连后退。不好，身后面就是水池了，我已经没有退路了。就在这时，肥狗又一次朝我猛扑过来，我赶紧一闪身躲开了。肥狗扑了个空，收不住腿，一头扎进了我身后的荷花池里。

哈哈！这下你变成落水狗了，看你还敢来咬我。

我举起手中的打狗棒，正要痛打落水狗，忽听身后有个女人冷冷说道："行了，别打了，打狗也要看看主人嘛。"

我收住打狗棒，回过头，想看看这个狗主人究竟是谁？竟敢纵狗咬我，有这样待客的吗？

在我身后不远处，有个白白胖胖的美少妇双手叉腰而立，她穿着红色罗衫，裸露着雪白的双肩，面如傅粉，唇若涂朱，两条黛眉向下弯着，一对凤眼往上吊着，显得刁钻冷傲。

这时，那只大白狗自己游上岸来，浑身湿淋淋的，已经没有了刚才的威风，也不再扑我了，蔫头耷脑地走回主人身边。

嘿嘿，我心里暗想，有什么样的狗就有什么样的主人，这条狗白白胖胖的，主人也白白胖胖的。不过这个少妇虽然胖，却胖得很有样，丰乳肥臀，凹凸有致，看起来蛮性感的。唐朝以胖为美，她在唐朝应该算是个大美人吧。

那个白胖少妇对我一点儿不客气，见面便揶揄道："我还当名满全城的天香楼艳妓能有多漂亮呢，原来也不过如此嘛，长得跟瘦鸡似的。"

我说："我这不叫瘦，我这叫苗条，你这么说是不是嫉妒我？"

"呸！我才不嫉妒你呢，你嫉妒我还差不多。"

"二夫人，薛姑娘是我们大夫人请来的客人，能否对她客气一点？"领路的婆子对那白胖少妇说。

"她又不是我请来的客人，我凭什么对她客气？"

原来她是二夫人，也就是二奶啦。怪不得她如此对待我，大概是怕韦皋娶我做小三，她这个二奶便从此失了宠。

我微微一笑，说道："夫人是不是特不自信啊？"

"我有啥不自信？你才不自信呢。"

我说："韦将军吃肥肉吃腻了，想换换口味了。"

"换口味也不要你这勾栏下院的瘦鸡。"白胖少妇嘴够刁的。

"那就把肥猪宰了吃肉吧。你快看那边跑来一头肥猪。"我用手一指她的身后。

白胖少妇不自觉地回头看了一眼："哪有肥猪？"

我说："肥猪正在回头看呢，哈哈哈！"

我不想和她纠缠，趁她回头张望之机，我赶紧拉着领路婆子快步跑远了。

那白胖少妇在后面骂骂咧咧，不知道她在骂些什么。

## 十四 拜见夫人

将军府的内院分为正院和跨院，跨院住的是二夫人，也就是我刚才遇到的那个白胖少妇。正院住的是大夫人张玉箫。

领路的婆子带我进了正院门。这是一个很雅致的院子，院内青砖铺地，干净整洁。中间有个圆形花坛，里面种植的奇花异卉香气袭人。屋子前面的廊檐下摆放着一张古琴，一个身穿素裙的清雅女子正手抚琴弦，即兴弹奏着一支古琴曲，两三个丫鬟、婆子在旁边侍立着。

见我进来，抚琴女子按住琴弦，抬头看我。

领路婆子恭敬地对抚琴女子说："夫人，薛姑娘来了。"

啊，原来这就是大夫人张玉箫，好年轻啊！看上去和我年龄差不多，比我想象的要年轻许多。其实张玉箫比韦皋小二十岁，本来年龄就不大。

我躬身施礼，口中说道："拜见夫人。"

张玉箫站起身来，对我微笑点头，表示迎接。

然后回头对丫鬟说："看座。"

丫鬟搬来了一个方凳，放在侧首。

张玉箫客气地说："薛姑娘请。"

我向张玉箫点点头，然后轻轻坐下。心中感慨，二夫人纵狗咬我，大夫人却对我如此礼遇，人和人就是不一样。

我又打量了一下张玉箫，见她仪态端庄，举止优雅，不愧是官宦之女，颇有大家闺秀的风范。

张玉箫也仔细看了看我，然后赞道："果真是个美人，怪不得我家相公对你赞不绝口，还把你接进府里来了。"

我说道："其实夫人才是真正的美人，能得夫人为贤内助，乃韦将军之幸也。"

张玉箫笑了："呵呵，你这张嘴还挺甜的。"

我说："谁敬我三分，我也敬他三分。谁要对我不客气，我这张嘴也不会饶人。"

接着，我把刚才二夫人如何纵狗咬我，我又如何打狗以及戏谑二夫人的经过跟张玉箫说了。

张玉箫听后嘻嘻一笑道："真有趣，这回我们那位二夫人可遇到对手了。"

我说："那位二夫人看上去是个醋缸，以后我还是少招惹她为妙。"

张玉箫说："刚才你见到的那位二夫人叫钱菲，是相公去年才纳的小妾。你知道她为何吃你的醋吗？"

我说："我不知道。"

"因为我家相公又想纳你为妾。"

"啊！"我吃了一惊。

张玉箫又问道："薛姑娘可愿意？"

我说："韦将军已经有了两位夫人，为什么还要纳妾？"

"男人嘛，谁不想有三妻四妾？尤其是相公这样的男人，就是娶十房小妾也不算稀奇。"

我心想，这倒也是，成功人士哪个不是娶一大堆老婆。

我说："恕我直言，你作为大夫人，看着丈夫纳妾，难道就一点儿不吃醋吗？"

"吃醋又有什么用？好色是男人的本性，既然无法改变他的本性，那就只能默默接受了，否则只会让自己徒增烦恼。"

看来张玉箫比二奶钱菲聪明得多，她的心里即便吃醋，也不会在韦皋面前显露出来。她对韦皋的这种宽容怀柔态度，反而会换得韦皋对她的长期尊重。而钱菲虽然一时得宠，但是绝不会长久，当韦皋又有新欢时，就会把钱菲彻底抛在一边。

张玉箫又说："我家相公有八大爱好，所以，我送他个绰号叫韦八好。"

呵呵，这个韦皋真是爱好广泛啊！竟然有那么多爱好。

我问道："韦将军有哪八个爱好呢？愿闻其详。"

张玉箫说："他有四个武好：好勇、好谋、好功、好胜；还有四个文好：好诗、好酒、好吃、好色。薛姑娘能满足他的四个文好，你色艺双绝，能写诗、会喝酒、可以陪他吃喝玩乐。相公曾经向我表露过有意纳你为妾。"

"那夫人是什么意思？"我问。

张玉箫说："起初我也不愿让他再纳妾，但今天见了你，我对你颇有好感，如果你不见外，我唤你一声妹妹，我倒愿意妹妹你嫁过来，让那位妖媚娘失了宠。"

哈哈！原来她心里还是在吃二奶钱菲的醋。

张玉箫又说："只要妹妹愿意，我可以跟相公说，让他纳了你。"

我说："我不愿意，请姐姐替我劝阻韦将军，让他打消这个念头吧。"

"你为何不愿意？"张玉箫问。

"因为韦将军年龄偏大，不是我喜欢的人，我喜欢年轻的。"

萝莉配大叔，我可不愿意。

张玉箫笑了："没看出来，你还挺有主见的。"

我说："我希望我的婚事能由自己做主。"

张玉箫问："那我该怎么对他说呢？我让他不纳你，他如果执意不听怎么办？"

"以姐姐之聪慧，还怕想不出一个好办法吗？"

"好吧，让我好好想一想。"

## 十五 治蜀大计

韦皋听说张玉箫召见了我,不知夫人对我说了些什么,于是他回到内院来见张玉箫,想摸一摸夫人的心意。

夫人张玉箫正在桌案前画画。她是个大才女,不但琴棋书画样样精通,而且智谋过人,她曾经给韦皋出过许多好主意。此前唐德宗被朱泚的叛军围困在奉天(今陕西乾县),韦皋率兵解围救驾就是张玉箫献的计。韦皋很尊重她,对她几乎是言听计从。

"夫人,听说你召见了薛涛?"韦皋问道。

张玉箫画完最后一笔,抬头答道:"不错,我是召见了她。"

"薛涛只是一个小小的乐妓,夫人召见她作甚?"

张玉箫放下画笔,对韦皋说:"这个乐妓可不简单啊,要貌有貌,要才有才,相公是不是喜欢上她了?"

"老夫是有点喜欢她,她的诗写得太好了,有薛涛在酒桌边侍酒吟诗,我喝酒就格外香甜。她简直太有才了!"

"瞧瞧,一说起薛涛,你就赞不绝口,她是不是比你现在的两位夫人都强啊?"

"不不,她比不上你,但比二夫人钱菲强多了。"

"那相公是不是想要她做三夫人?"

"不瞒夫人,我的确有这个想法,但现在我还在犹豫,不知夫人意下如何?"

"我不同意。"张玉箫说。

韦皋的表情有些失望,问道:"夫人为何不同意?"

"为了夫君你的治蜀大计。"张玉箫说道。

"我纳一个妾,这与治蜀大计有何关系?"韦皋不解。

"夫君别着急,听我慢慢跟你解释。你自入蜀以来,一直是靠武力镇蜀,但是要想把巴蜀治理好,光靠武力是不够的,还必须大力发展文化事业。文化繁荣则百姓安乐,喜和平,不好战。巴蜀地处西南边陲,南有南诏,西有吐蕃,屡启兵端,骚扰不断。与其连年征战不休,倒不如不动刀兵,而用我大唐先进文化将异族同化,民族融合,共享太平。"

"我乃一介武夫,不免有重武轻文之弊。夫人确实比我看得远,令韦皋佩服!请教夫人,我该如何发展文化事业呢?"韦皋问道。

"发展文化,人才是关键。你要想办法把全国各地的优秀人才全都吸引到成都来。"张玉箫说。

"那些文人们都清高得很,我靠什么吸引他们呢?"

"文人虽然清高,但只要是男人就没有不好色的,我们可以采取美女战术,用佳人来吸引才子。蜀地并不缺少美女,成都妹子个个皮肤白皙,姿容美丽,所缺的只是一个出类拔萃的人物,此人不但要貌美,还必须才艺出众,能诗善文,有了她,就能把全国的才子吸引到成都来与她酬诗唱和。"

"夫人是不是认为薛涛可以担当此任?"

"正是。"

韦皋说道:"如果我纳薛涛为妾,那些才子们就不敢来与她喝酒赋诗了,谁敢与西川节度使的小妾调笑取乐?"

"夫君聪明,我想说的也正是这个意思。"张玉箫说。

"依夫人之见该怎么办?"韦皋问。

"相公是不是仍然舍不得那个薛涛?"

"是啊,眼睁睁看着她陪别的男人喝酒赋诗,我,咳!"韦皋轻轻叹了一口气。

"别忘了,夫君你是一个男人,男人应该胸怀宽阔。再说夫君志存高远,为了治蜀大计,放弃一个小小的乐妓又算得了什么?"

张玉箫是个聪明女人,为了阻止韦皋纳妾,她花费心思编出一个看似十分充分的理由,劝韦皋为了治蜀大计放弃纳我为妾的念头。韦皋确实胸怀大志,经过反复权衡后,他最终还是听从了夫人张玉箫的劝告。

"好吧,就依夫人。"韦皋对张玉箫说。

考虑到若将我留在府中，社会各界人士无法与我接触，不利于我今后开展社交聚拢人才。于是，韦皋拨出一笔款项在成都城南的万里桥附近修建了一处豪华宅院。

万里桥架于锦江之上，自古便是舟船东去的起始之处，当年诸葛亮送费祎出使东吴时曾说："万里之行，始于此处。"这座桥因此得名。

豪华宅院建好之后，韦皋让我和春红搬过去居住。为了保护我的安全，韦皋还特意派王将军带领一队官兵驻守在那里。那个宅院很大，分内外两重院落，我和春红住在内院，王将军和他的士兵们住在外院。闲杂人等一律不准进入内院。在外院的花园里建有一座望江楼，作为我平日接待客人的场所。由于宅院大门处种有许多枇杷花，所以人们称它为枇杷门。

## 十六 名满天下

建成了营业场所,枇杷门很快就开门对外营业了。营业项目和以前我在天香楼时差不多,无非就是吹弹歌舞,陪酒赋诗。我重操旧业,轻车熟路,加之我已名声在外,又有韦皋的鼎力支持,所以枇杷门的生意十分兴隆。每日里望江楼送往迎来,频繁接待来自全国各地的文人骚客、风流才子。但我始终严守一条规矩:只卖艺不卖身,接待方式仅限于侍酒、赋诗、歌舞,除此之外,不管你是多大的官,也不管你多么有钱,若对我有非分之想,对不起,本姑娘一律不奉陪。

在唐代,女人没有别的正当职业,想工作的女人唯一的职业就是当妓女。而那个年代想做妓女的女人不多。物以稀为贵,妓院找到一个有姿色又愿意做妓女的女孩儿很不容易,碰着一个就大力培养,从小进行文化素质教育,教习诗词歌赋,琴棋书画。所以妓女相当于大学毕业生,属于高级知识分子,而前来的才子们层次更高,大概相当于硕士、博士,因此才子们大多都对待妓女比较规矩,只要妓女声明卖艺不卖身,男人们一般都能规规矩矩地与之谈诗唱曲。

很快,我又重操旧业的消息就在成都大街小巷流传开来,街头巷尾人们纷纷传告:那个天香楼的艳妓薛涛现在脱离了老鸨,在枇杷门独立营业了,这回她的后台可硬了,据说是西川节度使韦皋将军。

韦皋也正想利用社会传闻提高我的知名度。经过一番精心炒作,我的名声大震,迅速成为成都社交界一颗耀眼的新星,无数文人墨客如过江之鲫般前来与我酬唱诗文。

曼舞风尘

　　张玉箫慧眼识珠，发现并利用我作为诱饵，协助其夫君韦皋成功实施了吸引人才的治蜀计划。我果然不负韦皋夫妇重望，利用我的美貌与才情，吸引了一大批雅士才子来到成都，其中甚至不乏一些响当当的著名诗人。

　　某日，恰逢著名诗人刘禹锡来到成都谒访杜甫草堂，他对我的诗才已有耳闻，特意来到望江楼与我一会。我也久慕刘诗人的大名，席间，我听说他来此只是过路，不能久留，明日又将上路，遂提笔赋诗，写出一阕《送友人》：

　　　　水国兼葭夜有霜，月寒山色共苍苍。
　　　　谁言千里自今夕，离梦杳如关塞长。

　　"蒹葭苍苍，白露为霜"，在这凄冷的清秋时节，相迎时刻却又是送别之时，与诗友离别后便再难相见，我感到有些怅然，故此写下这首送别诗。

　　刘诗人读了我的诗之后连声称赞道："好诗！好诗！薛姑娘真乃一代才女，今得相会真是三生有幸。只可惜离期已定，不能留此与姑娘再行切磋，深感遗憾，容抄写旧作一首，权作回赠。"

　　　　江南江北望烟波，入夜人行相应歌，
　　　　桃叶传情竹枝怨，水流无限明月多。

　　刘禹锡当时已是诗坛名流，被称为诗豪。他能来到成都与我相会，对我称赞有加并且以诗相赠，更加提高了我在诗坛上的名望。很快，我的诗名就远播全国，名满天下。有些薛迷们甚至不辞一路辛劳，专程从长安来到蜀地，只为一睹我的风采。

　　在韦皋发展文化的方针指导下，成都的文化建设一片兴旺发达。因为成都有一个薛涛，所以成都就成了全国诗人最为向往的地方，也成了当时的文化中心之一。长安的诗人们每写出一首新诗，第一个就想给我看。因为我的诗词造诣非同一般，一首诗只要给我看了，就等于给当代诗坛的女权威看了。我只要称赞了谁的诗，他的诗就被认为是好诗。

来自京城长安的大才子尚且对我如此敬重，成都当地的粉丝对我简直达到了痴迷的程度，我成了名副其实的万人迷。我出行时，许多人追逐我的车马，请求我给他们签名留念。有我签名的桃红色纸笺被称为薛涛笺，成为当时最好的礼物之一，人们都以拥有薛涛笺为荣。一时之间不再是洛阳纸贵，而是成都笺贵了。

　　我喜欢芙蓉花，成都人爱屋及乌，也爱上芙蓉花。自此芙蓉花在成都被广泛种植，形成"晓看红湿处，花重锦官城"的艳丽景色。最后芙蓉花竟然成了成都市花，成都也被称为"蓉城"。

　　后人说："做女人难，做名女人更难。"我现在倒觉得做女人挺好，做名女人更好。当一回大明星，感受一回那种受人崇拜万众瞩目的滋味真的挺不错。

　　一开始我对我的粉丝们很友好。但后来，由于我的粉丝太多了，我实在应付不过来，所以也就逐渐怠慢了他们。

　　有一个铁杆粉丝，姓严，在成都府衙上班，是个酸秀才，自命才子。这家伙爱上了我，而且患上了相思病，整天茶饭不思，我走到哪儿他就跟到哪儿，简直成了我的跟屁虫。每天他一下班，便准时到枇杷门报到，哪怕只是站在门外看我一眼也好。说实在的，我一点儿也不喜欢他，虽然他长得不算丑，举止也还算斯文，但我看不惯他那股穷酸劲儿，看见这个酸秀才就心生厌恶。

　　有一天，我外出回来，又看到严才子站在门外痴痴守候。见我回来了，他马上跑过来，手捧一束鲜花要送给我。

　　我对他说："我不要花，我家的花太多了，多得都能开花店了。"

　　严才子问："姑娘想要什么？只要我有，我都可以送给你。"

　　我想让他知难而退，别总来纠缠我。于是说："凡是喜欢我的男人，为了表示真心，都要把门牙敲掉一颗送给我。"

　　他果然面露难色，怯怯地问："姑娘莫非要我也敲掉一颗门牙？"

　　我仰起脸说："我可没让你敲门牙，敲不敲是你自己的事。"

　　严才子一咬牙，一跺脚，狠了狠心说："敲就敲。为了姑娘，让我把心掏出来给你都行，别说是一颗门牙了。"

　　他马上跑到路边，捡起一块大石头，张开嘴，照着自己的门牙使劲儿敲去。

　　一下，两下，三下，都没敲掉。呵呵，他的门牙长得还挺结实。

最后，他一闭眼，使出吃奶的力气，挥起石头狠狠砸去，终于把门牙砸下来一颗，捎带着把旁边另一颗门牙也砸掉了。

他吐出两颗带血的门牙，用手帕包起来，然后双手奉上。

由于嘴巴疼得打哆嗦，他说话都不清楚了："姑、姑娘，请搜的下。"

大概是没了门牙，说话漏风，严才子把"收下"，说成了"搜下"。

我命身旁的丫鬟春红："权且收下。"

严才子激动万分，结结巴巴地说："谢、谢、谢姑、姑娘。"

看着严才子满嘴是血的可怜相，我动了恻隐之心，于是对他微微一笑，递给他一方香帕。

他接过香帕，高高兴兴地走了。回去后举着香帕逢人就说："这是薛姑娘送给我的定情物，她还朝我笑了笑呢。俗话说，千金难买一笑，哥们儿才用两颗门牙就换了薛姑娘一笑，值了。"

此后，这个自作多情的严才子到枇杷门前点卯更勤了。不论刮风下雨，每天早上晚上都必来。我却一连几天都没露面，急得他抓耳挠腮、寝食不安。终于有一天他又见到了我，就马上跑过来摇头摆尾向我献殷勤，可是我却对他冷冷淡淡、不理不睬。弄得他多情反被无情恼，我却是无情反被多情扰。

后来在家人和朋友们的劝导下，严才子终于醒悟了，意识到他是癞蛤蟆想吃天鹅肉，我这个大明星根本看不上他。他决心不再当追星族了。为了表示彻底斩断情丝，他割掉了一绺头发。然后跑来找我。刚好我要乘马车出门，在门外遇见了他。

他对我说："我不再喜欢你了，请把门牙还给我。"

我莞尔一笑，这一笑美得如同芙蓉花开，明艳照人。

严才子立刻又软了，嚅嗫着说："我，我不要门牙了，你若要，我再给你敲、敲下一颗牙来。"

我让春红拿过一个小布袋，然后朝严才子一努嘴："哝，哪一颗是你的？你自己找吧。"

他打开袋子一看，满满的一口袋牙齿，不知哪颗是他的。

这一回严才子真发怒了，愤愤地说："你有啥了不起？不就是个婊子吗，抱着西川节度使韦皋的大腿自命不凡。你记住了，我叫严砺，将来，我也要做节度使。"

嘿嘿，他还挺有志气，现在就开始立志了。

## 十七 图报无门

自从枇杷门开业以来,盛况空前,持续火爆。我这个顶级名妓的金字招牌,吸引了全国各地的客人,大家纷纷慕名而来。每天人来人往,络绎不绝,几乎令我应接不暇了。来客中既有达官贵人、富商大贾,也有文人墨客、名流豪士,这些贵客出手都很阔绰,动不动就重金相赠。很快我就富得流油了。做妓女虽然名声不好,来钱倒是蛮快的。以前在天香楼,我挣的钱大部分都叫肥婆拿去了。而现在所有的收入全部归我自己。短短数月工夫,我就积蓄了数千两银子。开始时我很高兴,没想到一不小心回到唐朝,竟然圆了我的发财梦,后来我发现挣了这么多钱根本花不出去。

我大致算了一下一年吃穿住行的花费:

在吃的方面,唐朝的食物还不错。谷物和蔬菜全都不施化肥不打农药,属于纯天然绿色食品,而且价格便宜,即便敞开肚皮使劲儿吃,一年顶多也就需要二十两银子。我的饭量不大,又不喜荤腥,因此,二十两银子用于吃饭已是绰绰有余了。

在穿的方面,唐代服装虽然还算漂亮,但是服装的式样却很有限,不如21世纪的女装花样繁多,款式新颖。21世纪的女孩都喜欢逛时装店,而唐朝大街上看不到时装店,若想穿新衣只能去绸缎庄买了布料量身定做。作为女人,我喜爱穿衣打扮,这方面的花费一年大约需要三十多两银子。

再说住和行,房子韦皋已经给我建造好了,枇杷门这所大宅院占地十亩,有大小房屋数十间,尽够我住了。唐朝没有汽车,普通百姓出行全靠两条腿走路,富豪权贵出行可以骑马坐轿。韦皋已专门为我置备了车马,供我出行之需。所以我无须自己买房买车。

如果我是男人，还有个需要大把花钱的去处，那就是……不用我说，你懂的。可我是女人，无须花那份钱，我挣的就是男人的钱。

粗略算下来，我一年的开销，有五六十两银子就足够了。而这已是普通百姓年收入的十倍了。唐代一个普通百姓一年的收入大约只有五六两银子。

有道是：良田万顷，日食一升；广厦千间，夜眠七尺。这话确实有道理。其实一个人一生的需求毕竟是有限的，但人的欲望却往往是无限的。有个很形象的成语叫作"欲壑难填"。许多人一生拼命去赚钱并非为了满足需求，而是为了满足欲望。

忽然间，我想起了王大妈。她曾经在我饥寒交迫、走投无路的时候收留了我，保住了我的性命，她是我的救命恩人啊。如今我有钱了，应该去报答她。想到这里，我立刻起身出门，去老宅找王大妈。

来到王大妈居住的老宅，敲开门后，见到的却不是王大妈，而是一位不认识的大嫂。

我问道："王大妈在家吗？"

"王大妈不在这儿住了，她已经搬走了。"那位大嫂回答。

"她搬到哪儿去了？"我问。

"听说是搬到了乡下，好像是一个叫青树村的地方。"

我费尽周折，四处打听，最后好不容易才找到了王大妈的新住址。一天，我带着春红寻访而来。

这是一个宁静的小山村，村口有一棵大青树。小河流水环绕着村庄。走过一座小木桥，就到了王大妈的家。

我走上前去，轻轻叩响了院门。

"来啦。"有人应声出来为我开门。

门打开了，我一眼就认出了王大妈，上年岁的人变化并不明显。

我开口说道："王大妈，还认识我吗？我是薛涛呀，就是当年被你救活的那个小姑娘。"

王大妈眯着眼看了我一会儿："哦，我想起来了，你是薛夫人的闺女。"

"对对对，就是我。"

"几年不见，你都长成大姑娘了，出落得这么水灵，我都快认不出来了。真是女大十八变，越变越好看啊。"

王大妈一边说着，一边把我和春红让进屋里，沏上了茶。

落座之后，我对王大妈说："这么多年，你的变化倒不大。"

王大妈说："老啦，你看我头发都变白了。"

我问："家里人都还好吧？刘老伯去哪儿了？"

王大妈说："老头子下地干活去了，还没回来呢。家里人都挺好，没病没灾的。"

我问："你为何不在城里住了？为何要搬到乡下来？"

王大妈说："城里物价高，东西贵，挣钱又不容易。不如在乡下自己种点儿地，自给自足。"

我转身对春红说："拿出来吧。"

春红解开随身背负的包裹，从里面取出一个木匣子递给我。

我把木匣子放到桌上，对王大妈说："这是给你的。"

"这里是什么？"王大妈疑惑地问我。

我打开匣子盖儿，里面全都是白花花的银子。我说道："这是一百两白银，请收下。"

"一百两白银，这么多？！"王大妈从来没见过这么多银子。

我说："这不算多，你对我的恩情比这大得多。当初若不是你给了我一碗粥喝，还收留了我，我早就饿死了。你还为我打碎了一只碗，我说过要赔的，不仅要赔，我还要百倍千倍万倍地报答你的恩情。"

听了我的话，王大妈沉默片刻，然后说："孩子，你这银子我不能要。"

说完，她把匣子盖上，推给我。

我说："为什么不能要？当年你给我一碗粥，对我来说，那可是救命的粥。有句老话，受人滴水之恩，当以涌泉相报。你的救命之恩我必须回报。"

王大妈说："不错，我当年的一碗粥是曾经救过你的命，但那碗粥不值什么钱，我也不需要你回报我，你能有这份感恩的心就已经很好了。"

我说："这银子你一定要收下，否则我心里会不安的。"

"你的心意我领了，但银子我绝不能收。咱们小户人家，生活上无须多少花费，能满足日常吃喝穿用就行了。钱多了也花不出去。你给我这么多银子，我都不知道把它藏在哪儿。放在家里怕贼惦记，整天担惊受怕的，吃不好、睡不香，何必呢。再说我和老伴儿都这么大岁数了，还能再活几年啊，死了以后什么也带不走。"

　　我说："你和刘老伯如果花不了，可以把钱留给儿孙啊。"

　　王大妈说："我们不想给儿孙留下太多的钱，这样做不但没好处，反而会害了他们，他们坐享其成，会变成败家子。儿孙自有儿孙福，将来让他们自己去挣吧。"

　　我说："我看你的生活实在太简朴了，住的房子也太简陋了，如果有钱的话，你可以盖几间新房，改善一下居住条件啊。"

　　王大妈说："我说话你别生气，我就是住草舍茅庵的命，不敢住新房子，怕自己福分浅消受不起。我要那么多钱真没啥用，你还是把银子拿走吧。假如有一天我真的缺钱花了，我会向你开口的。"

　　王大妈虽然语气婉转，但态度坚决，就是不肯收下这银子。

　　我无奈地摇摇头，把匣子递给春红说："你还把它收好吧。"

　　王大妈只是一介布衣，普通得不能再普通，但在我眼里她却尊贵无比。因为她自己看得起自己，懂得自尊自重，知足不辱。她把金钱视为身外物，不贪不恋，无欲无求。我从心底里敬佩她，她那宠辱不惊淡泊如水的气度实在令人折服。

　　告别王大妈出来。我心里在想：在这个世界上，既有像李推官和肥婆那样逼良为娼贪得无厌的坏人，也有像王大妈这样救人危难不图回报的好人，这世上究竟是坏人多，还是好人多呢？

　　走出村不多远，我又回头望了一眼这个普通的小山村。小桥流水，竹篱茅舍，青树参天，绿荫繁茂，炊烟袅袅升起，牧笛声声飘荡。那恬静悠然的田园景象让我留恋，但我更留恋生活在那里的纯朴善良的人。

## 十八 大唐孔雀

唐德宗在位期间，对大唐边境威胁最大的是吐蕃和南诏。西南方向经常会遭到来自吐蕃和南诏的袭扰，频繁发生边境战事。

韦皋是唐中期的名将，很会打仗，和韦皋同一时期的将领几乎无人能出其右，因此唐德宗把镇蜀的重任交给了韦皋。韦皋赴任前唐德宗曾特意召见了他，对他说："朕将西南防务托付于卿，卿当尽力为朕分忧，抗击吐蕃，降服南诏，勿负朕之所望。"

韦皋跪拜道："请陛下放心，臣定当尽心竭力守护好大唐的西南边陲，不负陛下之重托。"

入蜀之后，为了对付吐蕃与南诏，韦皋曾召集手下众将领举行过军事会议，共同商讨对敌之策。

那次会上，将军刘辟说："当年杨国忠当政，张虔陀逼反了南诏，朝廷屡次派兵南征，均损兵折将，无功而返，令人失望。"

韦皋说："不提过去的事了，你说说现在我们该怎么办。"

刘辟说道："吐蕃每次犯我边境，总要联合南诏，让南诏做帮手。我看应当先击破南诏，断掉吐蕃臂膀，然后再伐吐蕃。请韦将军给我几万人马，我定当马踏云南，扫平南诏。"

王灏将军提出异议："我军若征讨南诏，万一吐蕃来犯，对我军形成两路夹击之势怎么办？"

刘辟答道："吐蕃若胆敢来犯，我们可以分兵拒敌。"

王灏说："刘将军勇气可嘉，但分兵作战，两面应敌，于我军不利。当年关羽与曹操、孙权两面作战的失败教训不可忘记。我认为，我们应与南诏修好，全力抗拒吐蕃。"

韦皋点头道："王将军所言有理。当年还是诸葛亮高明，主张南和孙权，北拒曹操，避免两面受敌。可惜关羽未听孔明良言。前车之鉴应当汲取。我意已决，修好南诏，集中兵力击破吐蕃。"

韦皋很有计谋。经过精心策划，韦皋巧使离间计，成功离间了吐蕃与南诏的关系，使其彼此猜疑，互不信任。然后韦皋又亲自写信给南诏王异牟寻，表示愿意与之和好，并且分析大势，晓之以理，劝其归附大唐。正巧，郑回当时任南诏的清平官（相当于唐之宰相）。他本是唐人，心向大唐，所以郑回极力劝说南诏王异牟寻与大唐修好。异牟寻听了他的劝说之后，审时度势，终于同意通好大唐。

　　为表示对大唐的友好，南诏向韦皋敬献了一只孔雀。

　　将军府里，韦皋手下的幕僚们没见过孔雀，感到很好奇，纷纷赶来驻足围观。我听说南诏进贡了孔雀也赶了过来，挤在人群里注目观看。

　　只见这只孔雀跟在南诏使臣身后，昂首阔步，大摇大摆地走了过来，神态倨傲，睥睨一切。据说孔雀的前身是凤凰，因此它也像凤凰一样美丽而高贵。

　　我虽然身在人群之中，但一身鲜艳的裙装却显得格外明媚惹眼。那只孔雀一眼就看见了我。它竟然向我飞奔过来，好像和我是老熟人一般。当它跑到我面前的时候，立刻展开了美丽的尾羽。

　　啊！孔雀开屏了，是为薛姑娘开的，好美啊！周围的人们纷纷发出赞叹声。我既惊异，又兴奋。真想不到，这只孔雀竟会为我开屏。据说孔雀见到自己喜欢的人就会开屏，莫非这只孔雀真的喜欢我？

　　我情不自禁扬起双臂轻舞起来。长袖飘飘，好似展开了一双美丽的翅膀，在云中翱翔。

　　那孔雀古灵精怪，似通人性。立刻也展开双翅舞了起来。一人一鸟在庭前左右盘旋，翩翩起舞。孔雀学着我的样子，随着我的舞步依韵而舞，我舒臂，它展翅，我摆臀，它开屏，配合得天衣无缝。我也学着孔雀的动作，展翅，抖翅，登枝，点水，跳着跳着我自己仿佛也变成了一只孔雀，感觉就像两只孔雀一起在林间漫步，饮泉戏水，追逐嬉戏。

　　围观的男人们看得兴奋不已，叫好不停，欢呼不断。

　　舞毕，我抱住这只孔雀，轻轻地为它梳理羽毛，它依偎在我的怀里温柔顺从。

　　我对韦皋说："我喜欢这只孔雀，让我来饲养它吧。"

韦皋同意了。于是,他在将军府北边开辟了一个孔雀池,专门供我饲养孔雀。
　　唐朝诗人王建有诗云:

可怜孔雀初得时,美人为尔别开池。
池边凤凰作伴侣,羌声鹦鹉无言语。

　　从此,我与这只孔雀结下了不解之缘,一直相伴一生。由于我酷爱孔雀,而且会跳孔雀舞,人们称我为大唐孔雀。

曼舞风尘

## 十九 梦里箫声

　　枇杷门的生意最近越来越火了。在我接待过的各种各样的客人里面，也曾有几个好色男子，对我不怀好意，企图调戏我，但最终却都规规矩矩，谁都不敢跃雷池一步。这不仅是忌惮韦皋的权势，还因为有一个人始终保护着我，这个人就是王将军。

　　有一次，枇杷门来了一个高大魁梧，一身武士打扮的大胡子壮汉，拿出一百两银子要我陪他喝酒。文人重艺，粗人重色。几杯酒下肚后，这个粗人借着酒劲儿，提出要我陪他睡觉，当即被我严词拒绝。

　　大胡子恼了，骂道："你这婊子，老子出一百两银子，你只陪老子喝几杯酒，就想把老子打发走？老子这钱花得也太冤了。"

　　我忍着气说："你如果觉得这钱花得冤，我可以把钱还给你，你拿了钱赶紧走人。"

　　大胡子说："花钱老子不在乎，花没了可以再去赚，老子就想让你陪我睡觉。"

　　我也恼了，冷声道："就你这几个臭钱，只够找一头老母猪来陪你睡觉的，要不要让我牵着你的胡子去猪圈？"

　　大胡子大怒，摔碎酒杯，站起身来就要对我动粗。

　　哪知他刚刚站起来，脚还没站稳，就听"扑通"一声，摔了个狗吃屎，把门牙摔掉了两颗，嘿嘿，这家伙看着挺壮，可门牙还没有严才子的结实呢。

　　大胡子爬起来回头一看，见王将军站在他的身后。

　　他暗地和王将军比了比个子，觉得自己比王将军高半头。于是这家伙不服气地说："你刚才在我身后偷偷踹了我一脚，这不算本事，有本事别偷袭，咱俩面对面比画几下怎么样？"

王将军微微一笑道:"不服是不是?请出手吧。"

大胡子不再答话,挥起铁锤般的拳头打向王将军面门。

就听"咕咚""哎呦"两声响。大胡子连一招都没使完,就又摔倒在地上了,这一回是四脚朝天倒下去的,摔了个仰八叉。把后脑勺摔出一个大紫包,差一点没脑震荡。

王将军的动作太快了,还没看清他是如何出手的,对手就已经倒在地上了。

这回大胡子明白了,自己的武功和王将军相差太远,根本不是人家的对手,看来不服输不行了。

大胡子跪在地上,抱拳拱手道:"将军武功高强,在下不是你的对手,任凭将军责罚。"

王将军是个宽宏大量的人,连忙双手相搀,说道:"好汉快快请起,平素与薛姑娘交往之人多是儒雅之士,不似你这般粗鲁。你不适合到这里来。我看你身材魁梧,像个练武的,何不利用这副好身体,勤习弓马,练好武功,参军报效朝廷?"

大胡子站起身来答道:"我乃一粗汉,名叫马隆,平日里行走江湖,做些打家劫舍的买卖,终不是正经营生。今蒙将军教诲,我愿改邪归正投军报国,日后将军和姑娘如有用我之处自当效力。"

说罢,大胡子马隆朝王将军和我抱拳行礼,然后大踏步走出门去。看来此人是一条豪爽汉子。

大胡子走后,我看了看窗外,太阳已渐渐西沉。

我对王将军说:"我累了,想早点休息,你送我回去吧。"

王将军送我回内院,走到内院门口时,他停住了脚步。

我说道:"王将军进去坐一会儿吧。"

"不了,姑娘累了,早一点歇息吧。"

说完之后,他转身走了。

望着他挺拔的背影,我心想:这个人哪儿都好,既英俊,人又正直善良,还有一身好武功,就是太严肃了,缺少一点情趣。

韦皋命令王将军在外院保护我,王将军始终尽职尽责,终日守护。除了做饭的厨师每日送饭之外,其他男人一律不许进入内院,他自己也从不进来。

今夜我失眠了，夜已深，仍旧毫无睡意。于是披衣立于窗前。窗外一弯冷月挂在空中，月影映在澄澈的荷池水面，银辉如烟。

赏了一会儿月之后，我来了兴致，转回身坐到瑶琴旁，信手轻轻弹奏起来。边弹边吟唱道：

> 冷色初澄一带烟，幽声遥泄十丝弦。
> 长来枕上牵情思，不使愁人夜半眠。

夜寂静，幽幽琴声传得很远。清音细细，如丝如缕，回荡在夜空。忽然，一丝箫声和着我的琴声袅袅飘来，如泣如诉，如怨如慕。

开始，我以为是幻觉。但仔细一听，确实有人在吹箫，吹的曲子竟然是《凤求凰》。

我又起身来到窗前，举目向外张望。见楼下花园里伫立着一个英姿挺拔的身影，正手持洞箫徐徐吹奏，那声音如蒙蒙细雨，温柔滋润；又似绵绵春风，情意缠绵，听得我心驰神往。

微风吹起他的鬓发，月光照亮了他的脸，这不是王灏将军吗？

我打开窗探出头去，向他挥了挥手。谁知我刚刚一挥手，箫声便停了，王将军也不见了踪影。

箫萦静夜，惊醒梦中之梦；月映清池，幻出身外之身。醒来时我才知道刚才只是一个梦。然而恍恍惚惚，那奇妙的箫声仿佛仍然回旋在我的耳畔。

第二天当我见到王将军时，忍不住问道："你会吹箫吗？"

他回答："会。"

我又问："你昨夜是不是去花园吹过箫？"

"没有啊，我昨夜一直都在屋里睡觉。你为什么会问我这样的问题？"他反问我。

我说："因为我昨夜做了一个奇怪的梦。"于是我把昨夜做的梦讲给他听。他听完之后惊讶地睁大了双眼。

他对我说道："昨夜我也做了一个与你相同的梦，梦见我去花园吹箫，正吹奏时，忽听有人在弹琴，琴声悠扬，十分动听。我借着月光抬头一看，原来是你在楼上弹琴呢。于是，我便与你来了一曲琴箫合奏。所奏的曲子正是《凤求凰》。"

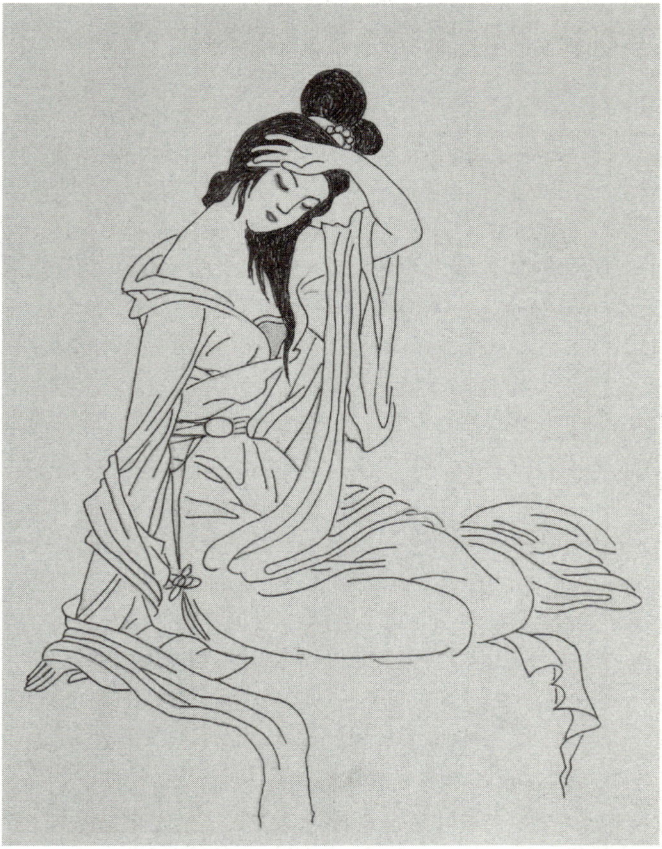

听了他说的话，我感到很惊讶，竟然会有这等巧事，我们俩竟会在相同的时间做了相同的梦。常言道梦是心中所想。你喜欢谁，就能在梦里见到谁。是不是我们都已暗自喜欢上了对方？

我看了看王将军的脸，这张脸英俊帅气，确实很讨人喜欢，我最喜欢文武双全的帅哥了。但我只知道他武艺好，却不知道他有没有文才，我得问问他。于是我问道："你平时除了练武，还有其他爱好吗？"

"我还喜欢读书。"他答道。

真没想到他竟然与我有相同的爱好，我也酷爱读书。

我又问："你是一员武将，为何会喜欢读书？"

王将军说道："我家主公韦皋将军也是一员武将，但他却读书破万卷，学识过人。他常对我说，为将者若不读书，不过是一勇之夫，终难成就大事，要文武兼备就必须读书。受他影响，我也喜欢读书。"

我心想，原来如此，有什么样的领导，就有什么样的部下。

我又问："你最近在读什么书？"

他从怀里掏出一本书递给我。

我接过来一看，是一本《庄子》。

我问道："你为何要读这本书？"

"因为我钦佩庄子的为人。"

"你钦佩他什么？"

"我钦佩庄子宽广的胸怀和超脱的心态，能安时顺处，不为哀乐所困。自由自在，逍遥游于人世间。"

我说："庄子把一切都看作梦境。他的梦有些失真。"

王将军说："失真是因为梦境太美，庄周梦蝶，蝶梦庄周，多么美的一个梦啊！"

我又说道："庄子这个人感情淡漠，总是一副对什么都无所谓的样子。自己的妻子去世了，他却鼓盆而歌，连好友施惠都责备他，妻子离世你不哭也就罢了，怎么还敲着瓦盆唱歌，未免太过分了吧？"

王将军说："生老病死是自然规律，妻子去世，庄子鼓盆而歌，那是他在用自己的方式来表达对妻子的追思。感情淡漠只是他的外表，其实他的内心是火热的，他只是不会表达而已，因为他是一个很深沉的男人。"

我心想，他虽然在说庄子，其实他自己也是个很深沉的男人。

我问道:"如果不表达出来,别人又怎能明白你对她的爱?"

他说:"爱,不一定非用语言表达,一个眼神,一个表情,一个动作,甚至一个梦境,都可以传达出爱的信息,只要两人心中有情,就一定能感知彼此的心音。"

我仔细品味他的这句话,确实有道理。当一个人爱上另一个人的时候,他总会通过某种方式释放出爱的信息,如果两个人心有灵犀就一定能够品读出来。譬如现在,我和他虽然谁也没向对方说出那句我爱你,但彼此的心里都已有所感应,这就叫默契。

可是,我仍然心存疑虑。如果不用语言明确表达出来,那会不会出现一方理解错误,把对方对自己的一点点好感无限放大,误以为对方爱上了自己,因而出现自作多情的情况呢? 不行,我还是要想办法逼他用语言表达出来。

忽然,我又想到:韦皋也喜欢我,他曾经想要纳我为妾,这件事王将军也是知道的。王将军即便真的爱我,但是作为韦皋的部下,他真有胆量去夺上级之爱吗?假如他真的不顾一切和我相爱,这件事情如果让韦皋知道了,韦皋又会怎样处置王将军和我呢?

这时,一个兵卒跑了过来,向王将军拱手行礼道:"禀报将军。"

王将军说:"什么事?说吧。"

兵卒说:"韦皋将军今日摆宴,要招待一位客人,请薛姑娘即刻前去陪酒侍宴。"

怎么我一想到韦皋,这个韦皋就马上派人叫我来了,真是说曹操曹操就到啊。此刻我和王将军正聊到妙处,真不愿去陪别人喝酒。可是虽然我心里一百个不愿意,但韦皋的命令我又不敢不听,没办法,只好去了。

## 二十 遐叔献赋

最近，韦皋每次宴客都要找我去作陪，因为在酒桌之上，无论作诗还是行酒令我都反应极快，常常妙语连珠，风趣诙谐。哪里有我在，哪里就会有笑声。

一次，席间有位黎州刺史与我喝酒行令。他提出引用《千字文》中的语句作酒令，条件是句中必须有"鱼"字。

刺史先说了一句"有虞陶唐"，用的是谐音。

我马上接了一句"佐时阿衡"。

刺史道："你引用的这句中没有'鱼'字，该罚。"

我笑道："我的'衡'字里有小鱼，刺史大人引语中的'虞'字不是水中之鱼，你才该罚。"

众人皆笑。

韦皋这次摆宴待客没在将军府里，而是在一条大船上。大船在江上缓缓行驶，船里的人既可以饮酒赋诗，又可以饱览两岸的秀丽风光。

今天韦皋招待的客人是他的一个老乡。

韦皋向我介绍说："这是遐叔。"

我看了一眼此人，他看上去大约有二十五六岁的样子，面庞清瘦，文质彬彬的，是个白面书生。

我问韦皋："他看上去还挺年轻的，你为啥叫他遐叔？"

韦皋哈哈一笑道："因为他复姓独孤，双名遐叔。"

独孤遐叔，瞧这名字起的，占人便宜，谁都得管他叫叔。以后我改名叫涛姨得了，也让他们都叫我姨，嘻嘻。

据韦皋介绍，遐叔文才出众，能诗善文，下笔数千言，是个大才子，只因时运不济，参加了两次科考殿试全都落榜了。

后来我才知道，原来遐叔的父亲曾对韦皋有过大恩，遐叔之父当初在长安做大官，他发现韦皋是个将才，便极力向朝廷推荐重用韦皋，才使韦皋能有今日的成就和官职。因此，韦皋很感激遐叔之父。

昔日，父母为遐叔订下一门亲事，娶了书香之家的小姐白娟娟为妻。小两口十分恩爱，日子过得很甜蜜，谁知天有不测风云，一年之内，遐叔的父母和岳父岳母相继离世。遐叔自己功名未遂，家境却渐渐凋落。好在白娟娟是个贤妻，甘受贫寒，毫无怨言，只鼓励丈夫刻苦读书，考取功名。

前年朝廷开科考试，遐叔和白娟娟的堂哥白居易一起参加了殿试。遐叔的才学本在白居易之上，只因他的文章针砭时弊，被主考官认为有讥讪朝廷时政之嫌，故此弃之不取。发榜时，第一名新科状元是少年才子元稹，白居易也中了第二名榜眼，唯有遐叔空有满腹才学却落榜了。

回家后，遐叔继续刻苦攻读，准备参加下一次科举考试。可是坐吃山空，生活渐渐接济不上，遐叔整日愁眉不展。妻子白娟娟宽慰他道："大丈夫只要肯努力，早晚定会功成名就。"

遐叔道："眼下一贫如洗，衣食无着，纵然日后功成名就，却难解目前的困难，如之奈何？"

娟娟说："你可以想办法去借一点钱，解决眼下生活之资。"

遐叔道："我性格孤僻，不善交友，连一个朋友都没有，你让我找谁借钱去？"

娟娟说："你父亲在世时曾经提拔过一个叫韦皋的人，听说此人现在做了大官，你何不去找他借一些钱？"

一句话提醒了遐叔。遐叔这次来成都求见韦皋，就是特意来找韦皋借钱的。

江上清波荡漾，白鹭低翔，两岸山峰高耸，云雾缭绕。船行在碧水蓝天之间仿佛行在仙境。

韦皋说道："今日江景颇佳，又难得才子才女都在此，我想请两位各作一首诗，如何？"

我说:"那就请才子先来吧。"

遐叔也没客气,想起自己乘船来成都时途径巫山峡,巫山景色犹然历历在目,遂开口吟出一首诗:

> 古木阴生一线天,巫峰十二锁寒烟。
> 襄王自作风流梦,不是阳台云雨仙。

巫峡两岸奇峰峥嵘,古木阴森遮蔽江面,只露中间一线天。巫山有十二座山峰,山上有座高唐庙。传说楚襄王曾在庙里夜寝,梦见一个美人愿意陪伴枕席。临别时美人告诉他,自己是伏羲皇帝的女儿瑶姬,今为巫山神女,在阳台下朝夕行云布雨。遐叔这首诗作得不错,既写了景,又引入了神话传说。韦皋听后拍掌称好。

遐叔吟诗过后,对我说道:"请姑娘也作一首诗吧。"

我暗自思量,我与遐叔赛诗绝不能输给他,于是我凝神静气斟酌诗句,很快就想好了一首诗并吟诵出来:

> 乱猿啼处访高唐,一路烟霞草木香。
> 山色未能忘宋玉,水声犹是哭襄王。
> 朝朝暮暮阳台下,雨雨云云楚国亡。
> 惆怅庙前多少柳,春来空斗画眉长。

此诗题为《谒高唐庙》,既然遐叔在诗里写了高唐庙,我也以此为题与他一比高下。自从宋玉作《高唐赋》以来,巫山云雨已成为男女欢爱的代名词,其他人用此典故多描写男女之情,我却与众不同,偏偏写出一点感叹世事沧桑、惆怅怀古的味道来。并且暗劝后世君王吸取楚国亡国的历史教训,莫要沉溺女色。

遐叔听后对我大加赞赏:"妙!太妙了!姑娘作的这首诗确实不同凡响。不但诗句工整、文辞优美,而且构思精妙,意味深长,真乃诗中之上品也!"

我口中谦逊道:"哪里,哪里,先生谬奖了。"

其实我在心里暗自得意,怎么样?我作的诗就是比你强。你认输了吧,以后你别叫遐叔了,改名叫遐输算了。

逞叔又说道："我朝最优秀的诗人是李白老前辈，姑娘的诗与李老前辈相比竟也不遑多让。"没想到他居然也会拍马屁。

我忽然说了一句："李白是谁？"

逞叔一怔："姑娘竟然不知道李白是谁？"

我说："我只知道李逵，不知道李白。"

逞叔不知李逵，大概感到自己孤陋寡闻，说道："惭愧，李逵我倒不曾听说，想必也是一位诗人吧？"

我暗暗发笑，那个粗鲁的黑旋风李逵哪里是什么诗人，他是梁山好汉。逞叔没看过《水浒》，当然不知李逵是何许人也。

韦皋有些不大高兴，觉得我竟然不知道李白，太丢面子了。

于是韦皋开口说道："李白是我朝诗坛的泰山北斗，薛姑娘不可不知。"

我笑着说："刚才我是和独孤先生开了个玩笑，李白老前辈我岂能不知。我是读李白的诗长大的。我很喜欢李白的诗，他的诗风格独特，既有'飞流直下三千尺'的磅礴大气，又有'明朝散发弄扁舟'的豪放洒脱，体现出诗人那无拘无束、天马行空的鲜明个性。他的诗里充满仙气，故此，人称李白为诗仙。"

逞叔道："说起来，蜀地也算是李白老前辈的家乡呢。他自幼随父入蜀，居住于绵州彰明（今四川江油）青莲乡，直到25岁才走出蜀地，外出游学。"

韦皋说："可惜李白老前辈自从离开蜀地之后，就再也没有回来过。天宝二年，他被玄宗召入长安，为供奉翰林。李白生性随意，崇尚自由，不愿在京城'摧眉折腰事权贵'，玄宗后来将他赐金放还。李白从此漫游各地，漂泊一生。"

我说道："李老前辈离蜀后一去不返，不愿再回蜀地，大概与蜀道艰难有关。他曾写过《蜀道难》一诗。诗中写道：

蜀道之难，难于上青天，使人听此凋朱颜！
连峰去天不盈尺，枯松倒挂倚绝壁。
飞湍瀑流争喧豗，砯崖转石万壑雷。
其险也如此，嗟尔远道之人胡为乎来哉。

遐叔说道:"蜀道艰难已经是过去的事情了。如今韦将军治蜀大见成效,巴蜀大地物阜民丰,文化昌盛。经过建桥修路,蜀道已不再难。我特此作赋一篇,名为《蜀道易》献给韦将军。"

随后,遐叔徐徐吟诵出一篇《蜀道易》:

> 吁嗟蜀道,古以为难。蚕丛开国,山川郁盘。
> 秦置金牛,道路始刊。天梯石栈,勾接危峦。
> 仰薄青霄,俯挂飞湍。猿猱之捷,尚莫能干。
> 自我韦公,建节当关。抵御西寇,降服南蛮。
> 风烟宁息,民物殷繁。四方商贾,争出其间。
> 匪无跋涉,岂乏跻攀。若在衽席,既坦而安。
> 蹲鸱疗饥,筒布御寒。是称天府,为利多端。
> 寄言客子,可以开颜。锦城甚乐,何必思还。

遐叔家贫,来见韦皋时没带见面礼。这篇歌功颂德的《蜀道易》就算是见面礼了。俗话说:千穿万穿,马屁不穿,这篇拍马屁之作果然让韦皋心花怒放,十分欢喜。

韦皋赞道:"遐叔高才,不让李白。我的幕府里正缺少一名能帮我整理文牍、撰写公文的幕僚,我有意申奏朝廷,保荐你为校书郎,你意如何?"

遐叔答道:"将军美意,遐叔心领了。不过我朝最重科举。凡未经科举考试博得出身便做官者,终究会被人小看。小生我虽然两番落第,但志气未减,仍然打算参加科考。只是眼下我与娘子家无生计,贫困不堪,还望将军能借给我一些银两,助我渡过今日难关,来日待我登科上榜,获得一官半职,定当回报恩公。"

韦皋忙说:"遐叔说哪里话,令尊才是我的恩公,若没有当年令尊大人的提拔,就没有我韦皋的今天。我正愁无以回报。你目前家有难处,我理当竭力相助。莫说是借,我的钱就是你的钱,你想要多少就从我这里拿多少好了,千万别客气,我先给你三百两黄金权且充作路费。路途遥远,我怕你身上带多了钱不方便,另外还有黄金万两,蜀锦千匹,我随后派军兵押送车马运到你家中。"

哇,黄金万两!没听错吧?我和小伙伴儿都惊呆了。

曼舞风尘

  黄金比白银值钱，那时的万两黄金是什么概念？相当于今天的上亿人民币了。遐叔一夜之间就变成了亿万富翁。你还说什么"锦城甚乐，何必思还"，我看还是李白老先生说得对"锦城虽云乐，不如早还家"，你大概已经急着衣锦还乡了。

  这个韦皋真是太有钱了！我估计他至少有十万两黄金，简直是超级大富豪。怪不得街头小儿们都在传唱"嫁人就嫁韦太郎"。哪个女人不想嫁大款呀？俺们21世纪的儿歌是"嫁人就嫁灰太狼"，大概灰太狼是从韦太郎这儿演变过来的。

  韦皋的慷慨馈赠彻底解除了遐叔的生活之忧。遐叔回乡之后专心致志刻苦攻读。功夫不负有心人，后来遐叔参加科举考试终于金榜题名高中状元，并很快升任翰林学士。皇帝的几篇诏书都是由遐叔起草的。他的文才深得朝廷赏识和器重，官职不久便升到吏部尚书，封魏国公，妻子白氏诰封魏国夫人。

  遐叔封官后，要将万两黄金和千匹蜀锦还给韦皋，韦皋坚决不收。遐叔感念韦皋的恩德，后来他把万两黄金和千匹蜀锦都捐给了川蜀百姓，在蜀地修桥铺路，建造寺院，济困扶贫，做了许多好事。有诗云：

    眼下贫困非不济，来日亨通未可知。
    金榜题名多荣耀，感恩图报定无私。

## 二十一 嘉州之行

且说遐叔走后，韦皋想起府中缺少一个能帮他撰写公文的幕僚，他本想聘请遐叔担任，但遐叔执意回乡参加科考，因而婉拒了。那么，现在应该聘请谁来担任这个幕僚呢？

韦皋想到我的文笔并不逊于遐叔，由我担任这个职务再合适不过了，于是，他对我说道："我打算任用薛姑娘为校书郎，让姑娘在我的幕府中帮助我处理文牍，姑娘可否愿意？"

我答道："我可没有遐叔那样的文才，不知能否胜任校书郎这个职位。"

韦皋说："薛姑娘的文才绝不在遐叔之下，这个职位你完全可以胜任，现在本将军就决定授予薛姑娘校书郎官职，待我申报朝廷之后再正式任命。"

韦皋身边站着一个军官，他是护军钱泰。听说韦皋要授予我校书郎官职，钱泰连忙开口说道："这似乎有些不妥，薛姑娘未脱乐籍，仍然是个妓女。如果向朝廷奏请任命一个妓女为官，恐怕有失体统，朝廷未必能够批准。即便侥幸获得批准，让风尘女子入朝做官，也会有损将军清誉。还望将军三思。"

韦皋想了一想，觉得钱泰说的也有道理，于是，他暂时放弃了向朝廷正式申奏的打算，改为口头任命。自此之后，人们便都称我为薛校书。

唐代诗人王建为我写了一首诗：

万里桥边女校书，枇杷花里闭门居，
扫眉才子知多少，管领春风总不如。

校书郎的主要工作是撰写公文和典校藏书，虽然只是个九品小官，但对资历要求较高，只有考中进士者方可担任此职。唐代从校书郎起家的仕子，曾有四个人升到了宰相高位。韦皋能破格授予我校书郎的官职，尽管只是口头任命，却足见他对我的才华给予了充分肯定。但对我而言，所谓女校书其实就是女秘书。这样一来，韦皋就可以经常召我进府，名义上是处理文牍事务，实际上除此之外，他还经常让我陪宴待客。我不但色艺双绝，而且落落大方，擅长交际。在各种酒席宴会上，无论遇到什么样的大人物我都不会怯场，总是能够谈笑风生、活跃气氛。所以韦皋每次宴客都要召我侍宴。我成了将军府的常客，也成为各种重大交际场合不可缺少的人物。原来唐朝就有了公关小姐，我大概就是最早的公关小姐。

　　唐开元初年，有个海通和尚，在四川嘉州（今乐山市）规划建造一座凌云大佛。韦皋治蜀期间，这项工程已进行到一半，由于缺少经费，工程进展十分缓慢。韦皋认为建造佛像是件弘扬文化的好事，于是拨款督造。终于在贞元五年完成了这一举世瞩目的嘉州大佛建造工程。这项工程完工后，嘉州刺史特派了十艘大型彩船到成都，迎接韦皋来嘉州参加大佛落成典礼。于是韦皋带着夫人张玉箫、二奶钱菲以及我这个女秘书，还有王灏将军等众人随从，从成都出发，乘船沿江前往嘉州。
　　沿江两岸，锣鼓喧天，鞭炮齐鸣，人群不断发出欢呼声，这既是庆祝大佛的完工，也表示对韦皋的拥戴和欢迎。
　　次日，韦皋在众人拥簇下登上凌云山，观看凌云大佛。这尊高大的佛像耸入云端，头顶与山顶平齐，十分壮观雄伟。
　　韦皋赞叹道："壮哉，山是一尊佛！雄哉，佛是一座山！"
　　嘉州刺史恭请韦皋致辞。韦皋拿出事先准备好的发言稿，题为《嘉州凌云寺大佛像记》，这篇发言稿是我帮他起草的。韦皋手拿发言稿铿锵有力地念了一遍。
　　韦皋致辞完毕，周围立刻响起雷鸣般的掌声和欢呼声。众人交口称赞："韦公真是文武全才，不但武功卓绝，而且文才也十分了得。这篇致辞写得太好了，真是句句锦绣，字字珠玑。"

韦皋听了之后洋洋得意。我心里却在想，他身边的这些官员全是一帮马屁精，专门拍领导的马屁。你们难道不知道领导的发言稿是由秘书代笔写的吗？要说句句锦绣，字字珠玑，那应该是我才对。

典礼完后，嘉州刺史在凌云阁摆下了盛大的宴席招待韦皋一行。

席间，一些当地官员不断向韦皋敬酒，称赞韦皋的治蜀功绩。

酒过三巡，韦皋命人拿过纸笔，让我作诗助兴。

既然大家都在夸赞韦皋，那我也来夸夸他吧，于是，挥笔写了一首诗：

山秀绝尘埃，似待韦公来。
江水愚天镜，身在扶瑶台。

众人窃窃私语，这就是近日被韦将军授予校书郎官职的薛校书吗？果然有才！众人话音未落，我又写出了第二首诗：

闻说凌云寺里花，飞空绕磴逐江斜。
有时锁得嫦娥镜，镂出瑶台五色霞。

如果说第一首诗是夸赞韦皋的，那么这第二首诗分明就是夸赞我自己了。站在华服高冠、蟒袍玉带的男人堆里，亭亭玉立，月貌花容的我，俨然就是凌云寺里的一枝花。

又是一片夸赞之声："好诗！好诗！韦公慧眼识珠，任用了薛校书，薛校书果然才华横溢，乃韦公之得力助手也。"

我在宴席上大出风头，别人心里会是什么感受呢？

我用眼睛扫了一下众人的脸，那些嘉州地方官员都是一脸的阿谀奉承之相。

王将军面无表情，他这个人喜怒不形于色。

大夫人张玉箫微微含笑。

只有二奶钱菲横眉立目，面色不悦，她显然是在嫉妒我。

韦皋端起一杯酒一饮而尽，然后朗声说道："今天能得薛校书为我赋诗助酒，乃是一件幸事，薛校书作的诗堪称上品。"

钱菲白了我一眼，满脸的不屑。

韦皋也看见了她的表情，说道："其他人还别不服气，你们还真不行，谁要有本事，也来作一首诗看看。"

那些嘉州地方官员奉承道："韦将军说得对，我们谁也比不了薛校书。"

韦皋又说道："我今天高兴，多喝了几杯酒，乘着酒兴，我来纵论一下古今美女。你们听听我说得对不对。"

众人连忙道："韦将军请说。"

韦皋清了清嗓子，开口说道："若论古今美女，依我所见，西施，美貌也。以美貌倾倒了夫差，助越王勾践复仇雪耻。昭君，美色也。以美色和亲于匈奴，让大漠南北止息兵戈。貂蝉，美智也。以美智诱惑了吕布，设连环巧计诛杀国贼。玉环，美艳也。以美艳迷醉了玄宗，令开元盛世毁于香泉。薛涛，美才也。以美才名扬于巴蜀，乃女中英才千古一人。"

众人听后，拍掌叫好，赞美不绝。

韦皋又说："我并非戏语，薛校书之诗才的确独占一绝，在众芳之中算得上是一朵佼佼奇葩。"

韦皋把我抬得太高了，我受宠若惊，感到有点儿飘飘然，一时不知该说什么好了。

王灏看了我一眼，又看了看韦皋，随即向我眨眼示意。

我明白他是在提醒我，要谦虚几句，不能太傲慢。

我连忙向韦皋说道："将军实在过奖了，愧煞小女子也。我哪敢与天下闻名的四大美女攀比，恐怕要遭人笑话。"

韦皋一拍胸膛，傲然说道："不是攀比，而是堪比。我韦皋把你与天下美女相比，蜀地之内谁敢笑话你？"

众人诺诺连声："韦将军说得极是。"

宴罢，嘉州刺史要请韦皋到馆驿安歇。

韦皋说道："我公务繁忙，今日就不在你这里多耽搁了。我想现在就乘船返回成都，你们也各自去忙公事吧。"

既然韦皋不想多待，嘉州刺史也就不再多留，率领嘉州随从官员，把韦皋和我们送上了大船。大船开动了，嘉州刺史和嘉州地方官员们在岸上向我们挥手道别。

### 嘉州之行

由于受到韦皋的夸奖，今天我的心情极佳。坐在船上，俯视滚滚奔流的江水，仰望巍巍高耸的大佛，感觉山高水美，心旷神怡。

我对身边的王将军说："天下雄山秀水，不在长安而在西川。西川的山水又以嘉州为胜。"

今天我出尽风头，二奶钱菲早就憋了一肚子气，但当着嘉州众官员的面她又不好发作，现在终于忍不住了，用讽刺的口气说道："女诗人在川中享乐，又何必贬低长安呢。长安山有骊山，水有曲江，山水之美并不逊于嘉州，连皇帝都愿意久住长安。既然嘉州美，为何皇帝不来嘉州呢？"

王将军看出钱菲对我不满，想从中调和，于是说道："嘉州山水固然美，长安山水也很美，两地各有千秋，都值得赞赏。"

钱菲仗着自己是二夫人，不买王将军的账，对他说道："这位女诗人在你看来也很美吧？你是不是也想吹捧她？"她用手一指大佛，说："今天她被捧得比大佛还高呢。"

王将军说道："夫人，是我多言了。"

钱菲感到不能对王将军太无礼，他毕竟是韦皋的心腹爱将，于是又把怒气发泄到我身上："别以为会作几首歪诗就了不起了，就以为自己是女诗人了，呸！你只不过就是个娼妓。"

钱菲是韦皋的二夫人。我本来看在韦皋的面子上对她有所忍让，可她却认为我软弱可欺，一再对我出言不逊。我实在忍不住了，开口反击道："我会作几首歪诗是没啥了不起，可你连几首歪诗都不会作，你连个娼妓都不如。你会个啥？你就会吃，把自己吃得跟肥猪似的。"

钱菲说："我胖，那叫丰满，现在的男人都喜欢丰满的美女，你想胖还胖不起来呢。"

钱菲把脑袋一扬，胸脯一挺，摆出一副神气十足的样子。

我说道："你神气啥？有玉箫姐姐在这里，哪有你神气的份儿。别忘了，你只不过是个二奶，啥叫二奶你知道不？"我伸出两根手指对她做出一个二的手势。

钱菲虽然不明白"二"的含义，但她知道我在挖苦她，气得满脸通红，怒道："你是什么东西，敢跟我顶嘴，你找打。"

说完，她扬起手朝我脸上打来。

我挥臂挡开她的手，同时一脚踹在她的肚子上，把她踹了个屁股墩儿，想和我动手她还嫩了点儿，别忘了，我可是女汉子。

钱菲躺在地上大哭起来，嘴里喊着："好啊，你这个贱人，你竟敢欺负我。夫君啊，你可要为我做主啊。"

韦皋看着钱菲在地上撒泼耍赖的样子，转过头去不理她。韦皋现在已经不喜欢钱菲了，甚至有点儿厌烦她了。

张玉箫淡淡一笑，走过来对她说："你是二夫人，躺在地上有失身份，快起来吧。"

张玉箫毕竟是大夫人，钱菲在张玉箫面前不敢太放肆，她虽然感到一肚子委屈却不敢对张玉箫发作，只得慢慢爬了起来。

张玉箫又转头对我说道："你也应该对二夫人尊重些，不该用脚踹她。"

我马上说："我知错了，还请夫人见谅。"

张玉箫表面上虽然也责备了我一句，其实她心里反倒是偏向我的。因为她也看不惯钱菲平日里对韦皋撒娇卖萌的嗲样子，对她很反感，只是张玉箫城府较深，从不轻易表露出来。

张玉箫亲热地把我拉近身边，说道："沿江两岸的风景确实不错，那边有个凌山崖，还有九曲栈道，走，我们出去看看。"

张玉箫拉着我走出船舱，来到船头甲板上观景。

船舱里除了钱菲之外，此时还有一个人也在恼恨我，他就是钱菲的哥哥护军钱泰。也就是前不久曾经向韦皋进言，阻止韦皋向朝廷申奏授予我校书郎的那个人。原来，他是怕我在韦皋面前得了宠，对他妹妹钱菲不利。现在，他心里又在暗自思量，如何帮助他妹妹保住地位，对我进行压制和报复。

## 二十二. 谷口鏖战

回到成都后，有一天，韦皋把我唤到将军府，让我帮他起草一份奏章，他要上奏当今皇上，要求朝廷授予他更大的权力，让他做总领三川（西川、东川、川南西道）的剑南节度使。韦皋野心不小啊！他已经不满足于统治西川了，还要把自己的势力扩大到三川，做整个三川之主。

我帮他草拟完奏章后，问道："这份向皇上要权的奏章，皇上会批准吗？"

韦皋说："我想皇上会批准的，因为我手握重兵，替皇上镇守西南边陲，他需要依靠我的力量。现在除我之外，没有一个将领能在西川南伏南诏，西拒吐蕃，百战不败。何况我还为皇上解过奉天之围，救过驾。"

我说："是啊，将军是皇上倚重的重臣，你提的要求，皇上应该会答应。"

韦皋又说："如果我升了官，真的做了剑南节度使，到时候我会让你脱去乐籍，并向朝廷申奏，正式授予你女校书官职，享受相应的级别待遇，拿朝廷俸禄。"

平心而论，韦皋对我确实不错，看得出来他是真心喜欢我。

我说道："我很希望早日脱去乐籍，成为良家女，至于官职我倒无所谓，我并不在意虚名。不管是不是正式授予，现在人家不是都叫我薛校书吗？"

韦皋说："我很欣赏你的才华。你虽是女子，却带有一点儿阳刚之气，你的才华也远非一般文人能比，如果我朝女子也能参加科举考试，你一定能够金榜题名，高中状元。只让你做个女校书都有点儿屈才了。"

呵呵，韦皋竟然看出我有一点阳刚气，有眼光！我以前曾经是个男身，虽然现在变成了女子，但多少还是保留了一点点阳刚之气。也许韦皋见多了阴柔女子，他反倒喜欢我这样的女子。至于才气嘛，我当然有才啦，韦皋不知道，在21世纪，我可是念过名牌大学中文系的高材生呢。

我说道："能得到将军欣赏，我很高兴。"

韦皋说："我不仅仅是欣赏你，其实我心里还很喜欢你，若不是两个夫人都反对，我还想娶你做我的三夫人呢。"

我心里说，别、别、别，我可不想当小三。我心里喜欢的人也不是你，而是王灏。

我说道："二夫人钱菲的醋劲儿可真大，你要是娶了我，她一定会整天吵闹不休，我可不愿受她的气。"

韦皋说："她整天唠唠叨叨的，我也有点儿厌烦她了。你若不愿做我的三夫人，我认你做个干女儿怎么样？你愿意吗？我会像父亲一样保护你，不会让你再受别人欺负。"

我想了想，这样也好，只要他不纳我为妾，我和王灏就有相好的可能。当机立断，我马上跪倒，口中说道："义父在上，请受女儿一拜。"

韦皋接受了我的跪拜礼，正式认我为干女儿。

韦皋派手下的将军刘辟去长安给唐德宗送奏章。

很快，刘辟返回成都回复韦皋说："皇上看了奏章之后，说可以考虑将军的要求，让将军兼领三川。但是目前吐蕃军队正在蠢蠢欲动，有北犯长安的图谋，皇上命将军先整顿军马，准备抵御吐蕃的进犯，等打败了吐蕃之后，皇上一定重重封赏，承诺满足将军的全部要求。"

不久，吐蕃果然北侵，向大唐边境进犯，威胁长安。唐德宗派信使到成都，命令韦皋尽快从西川出兵，以解朝廷之危。

韦皋立即升帐派将，布置作战任务。

他派王灏将军为前部先锋，率兵五千，迎击吐蕃军队。但必须诈败，不许取胜，为的是诱敌。韦皋告诉王灏，吐蕃军队必经之路有个山谷，山高地险适宜设伏，要王灏把吐蕃军引入山谷中。

韦皋命刘辟率兵两万，预先埋伏在山谷两边，待王灏把敌军诱入谷口后，立即将敌军包围，聚而歼之。

韦皋又派钱泰率兵五千，接应两路军兵，前两路人马若有危机便出兵支援，实际上就是预备队。

王灏领命之后立即率军出发，经过昼夜行军，很快就赶到了设伏之地，路上与吐蕃人马相遇，两军列开阵势。

王灏横枪立马，往对阵观瞧。

吐蕃军队旗幡招展，刀枪林立。领军将官名叫乞臧遮遮，手持一柄大刀，长得人高马大，十分魁梧。

王灏说道："我大唐文成公主与你家大王和亲时，你们大王曾许诺永不兴兵相犯，为何现今却出尔反尔，屡屡犯我边境？"

乞臧遮遮道："你家皇上太傲慢，把我们看作臣属小邦，我家大王乃当世雄主，要与你们皇上平起平坐，平分疆土。"

王灏说道："你那小小的番邦首领，怎能与我天朝大国君王平起平坐，看枪！"

说罢催马向前，挺枪迎面便刺。乞臧遮遮举刀接架相还。二人刀枪并举，战在一处。马来马往，斗了十几个回合不分胜败。

其实，以王灏的武艺要想战胜番将一点儿也不难，但是他要诱敌，所以手下留了情，没有尽全力。又战了十几个回合，王灏假装不敌，虚晃一枪，拨马败走。

乞臧遮遮大吼一声："我看你往哪里逃？"挥舞大刀，率军随后追赶过来。

番将追赶了一段路，王灏拨回马头再战，斗了几个回合，他假装力怯，又败退下去。乞臧遮遮率军在后面紧紧追赶。一直追到山谷，王灏率领的军兵全都进入了谷口，乞臧遮遮正要率军追进山谷，身旁一员副将提醒他，此地两山夹一谷，地势险峻，小心唐军有埋伏。

乞臧遮遮勒住马，看了看地形，然后对副将说："为防备唐军埋伏，你率领一半人马守住谷口，我率一半人马追进去。如果我遇到埋伏，你接应我冲出谷口然后退兵，若没有埋伏，半个时辰过后，你也率军杀进来，我们合兵一处，全歼这股敌军。"

说完，乞臧遮遮率领一半军兵追入山谷。

王灏看到乞臧遮遮追进山谷，立即挥兵与吐蕃军接战。他本以为刘辟会率军在此设伏，围歼吐蕃军队，可此时却不见刘辟的一兵一卒。只好自己孤军奋战。

　　王灏武艺高强，手中一条银枪使得神出鬼没，在吐蕃军中左冲右突，如入无人之境。

　　两军激战了半个时辰，那员吐蕃副将不见有其他伏兵，料定唐军没有埋伏，也率军杀入谷口，与乞臧遮遮合围唐军。一场混战直杀得天昏地暗，日月无光。王灏的战袍已被血水染成了红色。他虽然很勇猛，无奈寡不敌众，手下军兵不断伤亡，越来越少，而敌兵却似越来越多。

　　王灏心中暗骂，可恨的刘辟，竟敢不听韦将军将令，不在山谷设伏接应我。护军钱泰为何也不来接应？难道我今天竟要被困在这山谷里吗？不成，我要率军冲出谷去。想到这里，他抖擞精神挺枪跃马杀向谷口。刚刚杀到谷口处，敌军一阵乱箭射过来，王灏用手中枪拨打乱箭，羽箭纷纷落地，不能沾其身，王灏奋勇杀出一条血路冲出谷口。回头一看，身边连一个兵卒都没有，原来他只是独自一人杀出了谷口，手下的兵卒却一个也冲不出来。王灏心想：我若自己只身逃跑，有何颜面回去见韦将军。于是他拨回马头，又冲进了谷口。敌兵虽多，但王灏毫无惧色，一条大枪使得如同蛟龙搅海，巨蟒翻江，所到之处无人能挡其锋。

　　而在此时，刘辟和钱泰正在山上观战。原来刘辟已经在山谷设好埋伏，就是不下令出击。刘辟是个十分阴险的小人，他是想等王灏和吐蕃军拼得两败俱伤时，再命手下军兵下山出击，自己坐收渔翁之利。现在，刘辟看到王灏的军兵已经伤亡惨重，王灏似乎也已经累得精疲力尽了，便问身边的钱泰说："你看是不是时候差不多了，我该下令出击了吧？"

　　这个钱泰更坏，阻止道："我看不着急，还可以再等等，王灏平日仗着自己武艺好，能打仗，是韦皋的心腹爱将，在咱们面前趾高气扬，根本不把刘将军您放在眼里，这一次正好让他吃点儿苦头，挫一挫他的锐气。"

　　"好，那就再等等。"刘辟听了钱泰的话，仍然按兵不动，继续坐山观虎斗。

谷口鏖战

　　一直等到王灏的军兵损失大半,吐蕃军队也已伤亡无数,疲惫不堪时,刘辟才下令出击。
　　一声炮响,鼓角齐鸣,伏兵漫山遍野从山上喊着杀声猛冲下来。这支唐军都是步军,左手握盾牌,右手持砍刀,专砍敌人马脚。吐蕃兵遇到这支生力军,抵敌不住,被杀得人仰马翻,尸横遍野。乞臧遮遮也阵亡了。

## 二十三 戏谑刘辟

　　唐军取得胜利,奏凯而还。刘辟和钱泰全都得意洋洋,红光满面。只有王灏灰头土脸,狼狈不堪。一清点手下的军兵人数,只剩下了一小半。
　　回到韦皋的帅府,三人向韦皋交令。
　　韦皋先问了战况,又问了军兵损失的情况。刘辟和钱泰所率的军兵损伤极少,而王灏的兵卒却折损过半。
　　韦皋问王灏:"你带的兵为什么损伤这么多?是何原因?"
　　王灏愤愤地说:"我把番兵引入山谷后,刘辟和钱泰两位将军迟迟不肯率军出击,我部被吐蕃军队团团围住。由于敌众我寡,我部陷入苦战,伤亡惨重。而刘辟、钱泰两位将军则在山上看热闹,作壁上观。直到我部与敌军拼得两败俱伤,刘辟和钱泰二位将军才率军冲下山来摘取胜利果实。故此我部受到重创,而刘辟、钱泰部却几乎完整无损,请韦将军明察。"
　　韦皋转头问刘辟和钱泰:"你们两个有何话说?"
　　刘辟辩解道:"虽然我部没有在敌军进入山谷后马上对敌发起攻击,但这是有原因的,因为敌军怀疑山谷里有埋伏,所以没有全部追进山谷,而是兵分两队,一队追入山谷,另一队守在谷口。我在山上看得一清二楚,我如果此时贸然出击,便无法将敌军全歼,因此我才耐心等待,直到守在谷口的敌将认为山谷里没有埋伏,率领其余军兵进谷,我才下令出击,将其全部歼灭。"
　　钱泰随声附和道:"刘辟将军说的一点不假,完全属实。"
　　王灏不是气量狭小之人,听了刘辟的辩解之后,他便不再说什么了。

钱泰却说:"王灏将军没有完成诱敌任务,没有将敌军全部引诱进山谷,他不但不检讨自己的过失,反而无端指责刘辟将军和我迟迟不肯出击,王将军这种推卸自身责任、嫁祸于人的行为实在令我失望。"

韦皋一挥手打断了钱泰:"行了,别说了。你们都是同殿称臣的大唐将官,不要相互推诿指责。一支军队要想打胜仗,内部必须精诚团结。王灏将军虽然折损了一些兵马,但他浴血苦战,血染征袍,已尽力了。毕竟是他把敌军诱入山谷的,功不可没。"

听韦皋这么一说,钱泰和刘辟都不再言语了。

韦皋说:"这次我们打了个大胜仗,全歼了这股来犯之敌,明天我要摆酒设宴,为凯旋的将士们庆功。"

第二天,韦皋摆下酒宴,举行庆功会。

参加酒宴的人除了韦皋营中的众将官外,当然也少不了我。有我在酒宴上陪酒赋诗,插科打诨,酒桌上的气氛会更活跃,让大家感到更开心。

由于打了胜仗得到嘉奖,今天刘辟这厮显得格外高兴,总是咧着大嘴得意地笑。

我很讨厌刘辟这个人,虽然他长得并不算难看,但他的眼睛里带有一股瘆人的邪气,让我感觉这个人很阴险,绝非好人。另外据我观察,刘辟的脑后鼓起一个包,这是脑后长反骨之相,日后此人定然反叛朝廷,成为反贼。

酒过三巡之后,刘辟带着几分醉意,举起杯向我敬酒,口中说道:"久闻薛校书乃是有名的才女,擅长作诗和书法,今日能否赐鄙人一首大作?"

我说道:"刘将军谬奖了,我哪里是什么才女呀,我作的诗都是一些歪诗,不登大雅之堂,更不敢称大作。"

刘辟用淫邪的目光看着我,说道:"我对李白、杜甫的大雅之作不感兴趣,我有一个癖好,专爱读女人作的歪诗,请薛校书为我作一首歪诗如何?"

"刘将军果真爱读女人作的歪诗吗?"我问。

"是的,歪瓜裂枣,越歪越好。"刘辟答道。

我说："既然如此，那我今天就为刘将军作一首歪诗，如有得罪，请勿见怪。"

"酒桌之上，娱乐而已，何谈得罪？薛校书放心，甭管你的诗作得好与坏，我刘辟绝不会见怪。"

"好，拿纸笔来。"

一个小卒给我拿来纸和笔。

我提起笔，唰唰唰唰，在纸上写出两行字。

写完之后，我把纸递给刘辟，让他当众朗读。

刘辟接过这张纸，摇头晃脑、怪声怪气地朗读起来：

卧梅又闻花，握支伤恨笛。
药温娥嗜睡，卧室透春绿。

他还没读完，我首先忍不住捂着嘴笑个不停。

在座众人听了之后也都跟着哈哈大笑起来，原来我是利用谐音来戏弄取笑刘辟。

刘辟瞪着眼看着大家，不明白众人为何发笑。

韦皋笑道："谁说刘辟没有文化，他是进士呢。"

我也笑道："他是近视，为何不戴眼镜？"

刘辟再低头仔细看了一遍纸上的字，也明白了其中含义，这哪是什么诗啊，明明就是在骂他，讽刺他智商很低，是头蠢驴。气得刘辟满脸涨得通红，但刚才他已经当众说过不会见怪，所以不好对我发火，只能在肚子里生闷气。

韦皋建议，让我分别以在座诸公的名字作出一句诗，如果我作不出来，就罚我喝一杯酒。反之，则罚对方喝一杯酒。

这对我来说只是小菜一碟，根本难不倒我。

我首先向韦皋敬酒，随口吟出："鹤鸣九皋兮，展翅冲云霄。"

韦皋笑道："好，有我的皋字，我喝酒。"说罢举杯饮了。

我又给王灏敬酒，同时说道："江河灏瀚兮，滚滚向东流。"

王灏说："诗句中有我的灏字。好，我也喝。"说完他也饮了一杯酒。

轮到给刘辟敬酒时，我说道："霸王嗔目兮，辟天又辟地。"

这一句诗原本并无贬义，没想到刘辟听后却大怒道："你把老子比作霸王项羽，盼老子死在乌江是不是？啥个辟天辟地，辟个屁，辟你个娘希匹。"

我鄙夷地一笑，讥讽道："刘辟者，屁也。只会说屁话，不会讲人话。"

刘辟怒道："刚才你作了一首歪诗骂我，你以为我真的没有文化，弄不懂是不是？现在你又说老子只会说屁话，你这个娼妓，你……"刘辟越骂越难听了。

我打断了他："刘屁，留住你的臭屁，别放出来熏人。"

刘辟气疯了，张嘴怒骂："你……"

也许是憋满了一肚子气，扑的一声，刘辟放了个响屁。

我提醒他："你如果实在留不住屁，请小心轻放，不要怒放。"

哈哈哈！大伙儿哄堂大笑。

刘辟恼羞成怒，再也忍不住了，端起一杯酒泼在我脸上，然后举手欲打。

王灏抬手抓住刘辟的手腕。

韦皋对刘辟拍案怒吼："住手！薛姑娘是我的干女儿，在我面前，你还敢对她动粗不成？"

王灏松开手，刘辟也把举起的手慢慢放下，说道："卑职不敢。"

但他脸上的怒气仍然未消，斜着眼对我怒目而视。

韦皋抬手掀翻了桌子，碟碗乱飞，饭菜酒水撒了一地。

"刘辟你给我听着，今后你再敢对薛姑娘无礼，小心我扒了你的皮！"说完这句话，韦皋愤愤地转身走了。

第二天，韦皋逼着刘辟给我道歉。刘辟不敢违拗韦皋，被逼无奈，只得勉强给我道了歉。但他的心里却恨上我了，哪天一旦遇到机会，他一定会报复我。

曼舞风尘

## 二十四　钱泰告密

　　昨天喝完酒回来之后，我感到浑身燥热，于是便脱去外面的长衣，任初秋的凉风吹拂，当时倒是感到挺痛快，可是过后却感到头痛咽干，身上发冷，大概是被凉风吹感冒了。
　　今天，我仍然感觉不太舒服，可能是感冒还没好。丫鬟春红为我煮了一碗热姜汤，喝了之后，我感觉身子稍微好了一点，但是心里却又涌出一阵寂寞的感觉。举目望去，有一队大雁排成人字凌空飞过，慢慢消失在远方。雁儿一定是去寻找可以栖息的沙洲了。在沙洲上，雁儿可以敛翅休息，自由徜徉。人呢，也需要为自己寻找一块自由栖息的沙洲，一如那雁，双双对对，在沙洲上并肩徘徊，悠然漫步。可是，属于我的沙洲又在哪里呢？谁会是那个和我并肩漫步的人呢？
　　秋水长天，风清云淡，遥望天边的雁影，我吟诵出一首小诗：

　　　　天边人字雁，云里舞蹁跹。
　　　　灏渺沙洲远，苍茫秋水寒。

　　我忽然想起王灏，那夜，我和他的琴箫合奏多么和谐，多么美妙啊！我希望他就是那个和我并肩漫步之人。此刻他在干什么呢？是否也会想起我？
　　我对春红说："你去前院把王将军请来，你就说我病了，让他来看我。"
　　"是。"春红转身出去了。
　　过了一会儿，春红回来了。

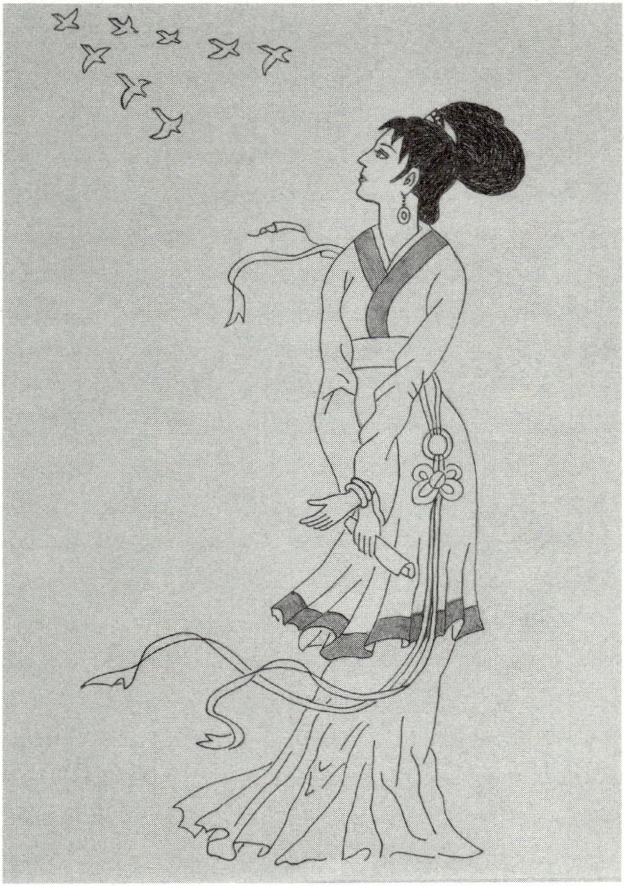

我问道："王将军来了吗？"

"来了。"春红回答。

"人呢？"我问。

"在院门外候着呢？"春红答。

"为什么不进来？"我又问。

"这里是姑娘的内院，王将军说他不便进来。"春红答。

我站起身，出屋走到院门外，见王将军正站在那里。夕阳照在他的脸上，他那英俊的脸庞、挺直的鼻梁、刚毅的嘴唇、浓密的剑眉，完美得无可挑剔，令我心旌激荡。

我对他轻施一礼，开口说道："王将军别站在门外了，快快请进吧。"

他说："我一个男人，不便进去，姑娘身子有何不适？要不要我帮你去请大夫？"

我说道："微有小恙，可能是伤风感冒，并无大碍。"

他说："别大意，还是请大夫为姑娘看看病吧。"

说完，他转身要去为我请大夫。

他那高大壮硕的背影犹如古希腊雕像，显现着男性的力度和健美。看得我喉咙一干，差点儿流出鼻血来。老天，这个男人太有魅力了！让我实在忍不住了。

我从后面一把抱住他的腰，把脸紧紧贴在他的后背上。

他停住脚步，没有动，任我抱着。

我一边抱着他，一边轻轻说道："我喜欢你。"

他沉默不语。

我问："你为什么不说话？"

"我知道姑娘的心意，可是……"他欲言又止。

我不满地说："可是什么？心里有啥话就大胆说出来嘛，别总是吞吞吐吐的，不像个爷们儿。"

他略一迟疑，然后开口道："说心里话，我也喜欢你，可是你知道，韦皋将军也喜欢你，有他挡在我们中间，我们不可能有什么结果。"

说完，他轻轻握住我的手，想把我围在他腰间的手臂拿开。

我紧紧抱着他不肯松手。

他说:"你快松开手,这个样子,小心被人看见了不好。"

我朝四周看了看,大门外似乎有一个人影,正在探头探脑地向里面张望。

我不情愿地松开手,噘着嘴说:"原来你是害怕韦将军啊。"

他转过身来,解下身上的披风,披在我身上。

"外面天冷,姑娘快回屋吧,别再着凉了。"他柔声说。

我执拗地说:"我不回屋,你回答我,你是不是怕韦将军?"

他对我说:"我并不是怕韦将军,而是他有恩于我,我不能忘恩负义,去做违背他意愿的事情。"

我问道:"他怎么有恩于你了?"

他说:"我年幼时父母双亡,和弟弟无依无靠,流落街头。是韦将军收养了我们兄弟俩,才使我们免于饥寒,得以活下来。他还教我们学文化,学武艺。现在我弟弟王俊在边关做了守将,我做了韦将军手下的将官,这全赖韦将军的栽培与提携,他是我的恩人,我怎能去做对不起他的事情呢?"

原来王灏和我一样打小就失去了父母,也是个可怜的孩子。

我说:"韦将军是你的恩人,你是不能对不起他,但韦将军是个有家室的人,我是不会嫁给他的。他的两位夫人也不会让他娶我。你去向韦将军求求情,或许他会成全我们呢。"

他说道:"我了解韦将军的脾气,对于自己喜欢的女人,他即便不能娶为妻妾也不愿意别人染指。再说,我也不便向他开口求这个情。"

我无语了。我知道,他其实也很苦闷。心里明明喜欢我,却又只能压抑自己的情感,把它埋在内心深处,因为他知道这份感情是不会有结果的。怪不得他会去读《庄子》这本书。起初我还不太理解,他作为一员武将应当积极进取,建功立业,为何要读《庄子》这种宣传道家思想的书。现在我明白了,原来他是想学庄子的超脱,借以淡化心中的抑郁。

为什么我和他彼此有情却又不能自由恋爱?都说有情人终成眷属,其实许多有情人都是劳燕分飞各西东。来唐朝之前,我遇到喜欢的人没敢大胆表白,现在遇到他我倒是大胆表白了,可他却不敢和我相爱。唉!恋爱怎么这么难?

第二天早上，钱泰偷偷跑到将军府求见韦皋。

韦皋问道："一大早你就跑来见我，有何事？"

钱泰故意假装为难，悄声说："有件事想禀报韦将军，但我又不太敢说。"

韦皋道："有什么事？你但说无妨。"

钱泰装模作样对韦皋小声说道："薛涛和王灏，背着将军暗中勾搭，搂搂抱抱。将军你对他们俩那么好，他们俩却不识好歹，竟然做出那种下流勾当，真是太不应该了。"

钱泰一边说一边观察韦皋的脸色。

韦皋听了之后眼睛立刻瞪大了，显得十分生气。

"你是有所耳闻，还是亲眼所见？"韦皋问道。

"是我亲眼所见，所以才敢如实禀报。"钱泰装出一副诚实的样子说道。

韦皋又问："你都看见了什么？"

"昨晚，我恰巧从薛涛的院门外经过，听见里面有男女嬉戏之声，我停住脚步，悄悄往里面张望，看到薛涛和王灏紧紧搂抱在一起，十分亲密。他们还欲脱衣……"钱泰添油加醋地说。

韦皋的眼中似乎要喷出火来，愤然道："好你个王灏，竟敢如此大胆。"

知道自己的离间计就要得逞，钱泰心里暗自得意，继续火上浇油地对韦皋说道："王灏平日里假装老实，其实心里早就暗怀鬼胎，早就暗中下手勾引薛校书了。他明明知道薛涛是将军喜欢的人，竟然还敢勾引她，也太不把将军放在眼里了。"

韦皋一挥手，对钱泰说道："行啦，你先回去吧，这件事情我自会处置，你不要对其他任何人讲。"

"是。"钱泰转身走了，脸上带着一丝得意的阴笑。

## 二十五 被罚松州

钱泰走后，韦皋派人把我叫到将军府。

一见到韦皋，我就觉得今天的气氛有点不妙，只见韦皋脸色铁青，面沉似水。

看来我是摊上事了，摊上大事了。

韦皋见了我，劈头就问："昨晚你干了什么好事？"

我一愣，说道："我不懂你这话是何意。"

韦皋说："别装糊涂，我问你，昨晚王灏是不是去你的住处找过你？"

"是啊。"我随口答道。

韦皋又问："他一个人去找你干什么？"

我想起昨晚有个人在大门外偷偷张望，心里明白了，一定是那人把我拥抱王灏的事告诉了韦皋。

我说："是谁多管闲事向你告密了？"

韦皋表情严肃地说："你别问这个，你先回答我，王灏昨晚一个人去找你干什么？"

我答道："昨晚是我叫他来的，因为我身体不舒服，所以我让丫鬟春红去叫他，想让他帮我请个大夫。他来了之后，连我的屋门都没敢进，问完病情，他就帮我请大夫去了。"

韦皋问："他请来大夫了吗？"

我答道："请来了。"

韦皋问："大夫是怎么说的？"

我答："大夫说，我是偶感风寒，没啥大病。给我开完药方后就走了。"

韦皋又问:"王灏昨晚有没有对你怎么样?"

我回答:"没有。"

韦皋说:"有人告诉我,看见王灏搂抱了你,可有此事?"

我生气地说:"是谁这么嘴欠?"

韦皋说:"我问你王灏有没有搂抱你,你回答我。"

我说:"他没有搂抱我,是我主动搂抱了他。"

韦皋怒道:"你怎么这么下贱,竟敢主动勾引男人。"

我的倔脾气上来了,不管不顾地说:"我这不叫勾引,这叫自由恋爱。"

韦皋吼道:"什么自由恋爱,你这是任性胡为。"

我固执地说:"我就是喜欢王灏,我就这么任性。"

韦皋是西川最大的官,在当地就是土皇上,无人敢惹,手下从未有人敢顶撞他,养成了骄横跋扈的脾气,我竟敢在老虎面前捋虎须,和他顶嘴,这还了得?

韦皋猛然站起身,把手中茶杯狠狠摔向地面,砰的一声,茶杯被摔得粉碎。

"好你个薛涛,竟敢目无尊长和我顶嘴。今天我若不处罚你,你以后还不闹翻天了。"

韦皋转过头对身后的兵卒命令道:"把她给我押下去,罚她充军,到松州军营。"

"是。"兵卒把我押走了。

韦皋回到内宅,满脸闷闷不乐的样子。

夫人张玉箫问:"你今天怎么了?脸色这么难看,遇到什么不开心的事情了?"

韦皋叹了口气:"唉!我真没想到,薛涛这个小贱人竟然和王灏好上了。"

张玉箫问:"你是听谁说的?"

韦皋说:"是钱泰告诉我的,他亲眼看见他俩搂抱在一起。"

张玉箫说:"钱泰的话不可信,自从你喜欢上了薛涛,他妹妹钱菲在你面前就失了宠,钱泰是想挑拨你和薛涛的关系,才故意说薛涛的坏话。"

韦皋说："我不是傻子，我当然知道钱泰是出于私心才向我告密的，哪有那么巧的事，王灏和薛涛搂抱，恰巧就被经过的钱泰看见了，一定是钱泰一直暗中监视他们，想抓住他俩的把柄挟私报复。问题是薛涛本人也承认了，而且她还当面对我说，她就是喜欢王灏。"

张玉箫笑着说："看来薛涛还真喜欢上王灏了，也难怪，王灏英俊帅气，确实挺招人喜欢的。"

听到夫人夸王灏，韦皋很不高兴，闷声闷气地说："王灏这小子也太不懂事了，明明知道薛涛是我喜欢的女人，他竟然还让薛涛搂抱而不拒绝，气煞我也。"

张玉箫笑道："他俩年貌相当，相互喜欢也在情理之中。你别老惦记薛姑娘了，我看不如成全他们算了，他们这对金童玉女我看蛮般配的。"

韦皋火气未消，一口拒绝了夫人张玉箫的提议："不行，不能成全他们。我没杀了他们就已经是手下留情了。"

"什么？你竟有杀人的想法？你也太狠心了。"张玉箫很不满。

"谁敢惹我韦皋生气，我就对谁不客气。"韦皋说。

张玉箫提醒韦皋道："别忘了，王灏跟随你多年，一向忠心耿耿，跟你一道出生入死，你怎能忍心杀他？你如果杀了他就是不仁不义，你难道想做个不仁不义之人吗？"

韦皋不说话了，他此刻的心情十分复杂。从道理上来说，他觉得夫人的话是对的，王灏是自己的心腹爱将，作战勇敢，屡立战功，是个不可多得的将才。可是，若不惩戒王灏一下，韦皋又觉得不能发泄心中这股怒气。

想了一想，韦皋说道："我可以不杀他们，但必须给予他们一定的处罚。"

张玉箫问韦皋："那你打算怎样处罚他们呢？"

韦皋说："我已经罚薛涛去松州军营充军了。至于如何处罚王灏，我现在还没考虑好。"

张玉箫是个有同情心的女人，心里同情我，她对韦皋说："这样的处罚是不是过重了？薛涛是一个柔弱女子，到松州那种苦寒的边塞之地，她怎能吃得消？"

韦皋说:"我当时正在气头上,一怒之下,就下令罚她去了松州,事后我也有点儿后悔,但我是西川之主,言出必行,否则就会有损我的威信。"

张玉箫说:"既然你已经下令罚她去松州,又不能收回成命,那就嘱托松州之主将关照一下她,别让她太受苦。"

韦皋说:"薛涛这孩子以前被我宠坏了,太任性,太不听话,我罚她去松州,让她吃点苦头,可以煞一煞她的傲气。"

最近,松州方面不断受到吐蕃骚扰,频发边境战事。松州军营的副将高偶前不久来成都向韦皋汇报军情,汇报完之后,高偶要回松州。正好顺便押送我一道儿回去。

张玉箫不放心我,在我临上路之前,她特意对押送我的军官高偶说:"路上你要照顾好薛姑娘,到了松州之后,你告诉松州军营的主将,韦将军只是一时之怒罚薛涛去松州,日后还会召她回来。在松州军营让她受点锻炼,挫一挫她的傲慢是可以的,但切不可凌辱她,否则,一旦韦将军召她回来,你们不好向韦将军交代。"

高偶回答:"是,夫人,我记住了。"

张玉箫又对我说道:"你不要抱怨韦将军,他罚你去松州是短期的,迟早他还会把你召回来。你这次去松州,权当是替将军慰问戍守边疆的将士吧。"

## 二十六　黑衣剑客

高偁带着两个戍卒押送我去往松州。一路上，我的心情非常不安，不知道到了松州以后将会面临怎样的命运。边塞军营生活艰苦，我能适应吗？

过了灌县就进入了山区。穿行于高山峡谷间，望着周围陡峭险峻的岩壁，我的心情就像半山的云雾一样飘浮不定。

经过一连十几日的艰苦跋涉，终于到达松州军营了。此时我已累得体力不支，腿一软险些跌倒，身边的高偁扶住了我。

松州（今四川松潘）在唐代是与吐蕃接壤的边关，烽火战事连年不断。唐朝在松州设立了都督府，统辖当地羌族部落的 25 个州。驻防松州的部队是韦皋镇守凤翔时在甘肃陇山招募的，称为陇头兵，个个强悍勇猛。

松州军营设在雪峰顶下玉翠山麓的寨子里。虽然现在尚是秋季，山上却已经冰封雪盖。抬眼望去，远近山峦都是白茫茫的一片，宛如严冬一般。面对满眼萧疏景象，我不禁思潮翻涌，想到自己悲苦的身世，想到双双过世的父母，又想到王灏，也不知道王灏现在在哪里，韦皋又会怎样处罚他呢？双亲已逝，恋人又无消息，独自来到这风雪边关，此时的我感到既孤独又无助。胡笳凄厉，我忍不住潸然泪下。

高偁提醒我说："松州军营是边塞之地，不能与成都的繁华相比，你可要做好吃苦的准备。另外，这里的人也不像以前你在韦将军帐前侍酒赋诗时的座上客那样斯文。松州军营的陇头兵都是从蛮荒之地招募来的，性格粗野，你可要小心一点儿，不要去招惹他们。"

"嗯。"我惶恐地点了点头。

当天晚上，我被安排在一个军帐里安歇。夜半灯火如萤，山间风凄露冷。一股寒气从帐篷的缝隙处钻了进来，凉飕飕的，冰冷刺骨。我蜷缩在薄薄的被子里面，连连打着冷战，一种孤独寂寞凄婉哀怨的感觉袭上心头。望着窗外悬挂在夜空的一轮寒月，我在心里悲叹戚泣，随口吟道：

> 萤在荒芜月在天，萤飞岂到月轮边。
> 重光万里应相照，目断云霄信不传。
> 按辔岭头寒复寒，微风细雨彻心肝。
> 但得放儿归舍去，山水屏风永不看。

第二天，陇头兵们听说我来了，全都很兴奋，松州军营常年见不到女人，现在终于来了一个漂亮姑娘。

吃过晚饭，天渐渐黑了。有几个胆大的陇头兵竟然闯进了我的帐篷。进帐后，他们先把油灯吹灭了。

一个大胡子哈哈大笑着说道："让俺亲亲你行不？"

说罢，他竟然摸过来将我一把搂住，低下头就亲，他那钢针似的胡子把我的脸扎得生疼。

另一名陇头兵调侃道："大哥的胡子太硬，别把姑娘的嫩脸扎破了，还是让给小弟我吧。"

我拼命挣脱那个大胡子，转身跑出帐外。

那几名陇头兵纷纷追出来，把我围在当中。我左奔右跑，东逃西窜，却始终逃脱不掉。我被他们捉来捉去，就像玩老鹰捉小鸡的游戏一样。

"她是我的，她是我的。"几个陇头兵又叫又嚷。

最后，还是那个身材粗壮的大胡子捉住了我，把我抱在怀里又要亲嘴，其他几名陇头兵在旁边看着。

就在此时，忽然从黑暗中闪出一个人影。借着月光，我看见一个黑衣蒙面人手持宝剑站在面前。大声呵斥道："住手，不许对姑娘无礼。"

大胡子哪里肯听，搂着我不肯松手。黑衣人一把抓住了他的头发，把他的头拉转过来，然后宝剑一挥。

"哎呀！"大胡子大叫一声，上嘴唇被宝剑割开一道血口子。

几个陇头兵都吃了一惊。

黑衣人说道："你们谁敢不听我的话，还要和姑娘亲嘴，我让你们的嘴全都变成三瓣。"

咦！我觉得黑衣人的声音有点耳熟，难道是他？

大胡子喊道："弟兄们，大伙一齐上，把这多管闲事的小子宰了。"

陇头兵们立刻拔出腰间的佩刀，一齐扑向黑衣人。

黑衣人动作奇快，身形一转，只听叮当叮当几声响，陇头兵手里的刀全都被击落在地。接着剑光一闪，他们的上唇全被割开一条血口子，果然全变成了兔唇，每个人嘴上都在滴着血。然而他们并没有被吓倒，反而激发起了一股血性和斗志。陇头兵确实悍勇好斗，他们从地上捡起刀又扑向黑衣人，一个个状如疯虎，似乎要和黑衣人拼命。

黑衣人看来并不想要这些陇头兵的命。他不再出剑攻击，只是闪展腾挪，穿梭游走于刀光之中，姿态轻松飘逸，就好像老叟戏顽童一般。几名陇头兵虽然使出吃奶的力气，把手中刀舞得呼呼生风，却连黑衣人的衣角都沾不到。陇头兵明知对方武艺高强，远胜于己，却依旧死缠烂打，谁也不肯罢手。

黑衣人有点不耐烦了，厉声说道："你们都给我住手。"

陇头兵好像没听见一样，继续围攻黑衣人。

黑衣人大喝一声："都躺下吧。"

他出手如电，几名陇头兵还没反应过来，便被点中穴道，躺倒在地，动弹不得。

这时，不远处传来脚步声，有一伙人朝这边跑过来。

黑衣人一闪身，便不见了踪影。

很快，一伙人跑到近前，为首的是一位年轻将官，身后跟着副将高偁和几名随从亲兵。

我抬头看了一眼那位年轻将官，见此人头戴亮银盔，身披白战袍，相貌英俊，气宇轩昂。这不是王将军吗？难道他也被韦皋罚到松州来了？

我心中一阵激动，真想扑上去拥抱他。可是当着众人的面，我怎么好意思这么做。

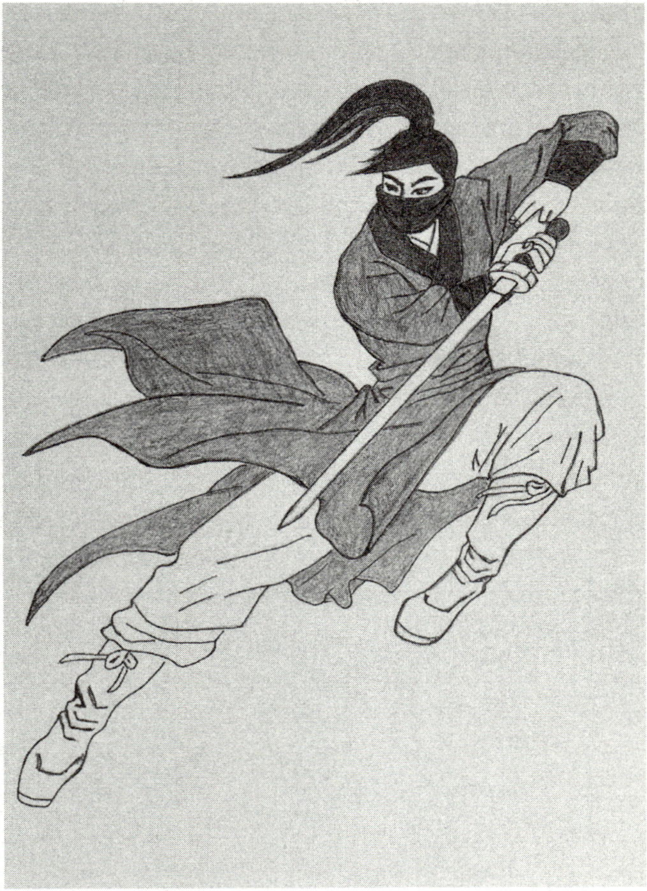

王将军来了之后，看到这几名陇头兵躺在地上不能动，连忙俯身去观察。他看出这几个人都被点了穴，于是出手解开了他们的穴道。

这几名陇头兵被解开穴道后从地上爬起来，抱拳拱手，齐声说道："参见王将军。"

王将军脸上带着怒气，没有说话。

他身后的副将高偲对陇头兵说："瞧瞧你们的狼狈相。这是怎么回事？"

一名陇头兵回答："刚才来了个武功高强的黑衣人，用剑割伤我们的嘴唇，他还点了我们的穴。幸亏王将军及时赶到，帮我们解开了穴道。"

高偲说道："黑衣人为何要这么做？你们几个又为何会来到姑娘的帐篷附近？一定是你们刚才企图对她无礼，所以才被黑衣人点了穴。"

几个陇头兵你看看我，我看看你，全都不吭声了。

高偲又说："我不是吩咐过你们，不许凌辱她吗？你们为何不听将令？"

那个大胡子说道："我们哪敢不听将令啊。其实我们并没凌辱她，只是想和她亲个嘴，除此之外，不敢再有其他非分之想。我们这些军卒，常年戍守边关。一年到头见不到一个女人。天天压抑自己的情欲，都快闷死了，所以见了姑娘就忍不住想和她亲亲嘴。还请王将军宽恕我们。"

王将军看了我一眼，似乎在用眼神征询我的意见。

我看了看大胡子，咦，怎么有些眼熟？我使劲儿想了想，终于想起来了，以前他曾经来过枇杷门，想让我陪他睡觉，被王将军打服了。王将军劝他去投军，原来他投军到这里来了。

我对大胡子说道："你仔细看看我是谁。"

大胡子仔细看了看我，用手一拍脑门道："原来是薛涛姑娘啊！请恕马隆有眼无珠，刚才没认出来是你，早知道是你，打死我也不敢对你无礼呀。"

我对王将军说："这几位兵哥哥确实没有把我怎么样，况且他们的嘴唇全都受了伤，请将军放过他们吧。"

王将军转过身去，挥了挥手。

这几人知道王将军原谅了他们，连忙向王将军行了个礼，然后一个个全都悄悄溜走了。

王将军没对我说一句话，抬腿就走。几名亲兵也跟着走了。

我见到王将军，本来很高兴，却没想到他对我如此冷漠。

高侗刚要走，又停住脚步，回头对我说："薛姑娘受惊了。别担心，王将军是这里的主将。以后王将军会派人保护你，从此以后没人敢再动你一个手指头。"

我说："多谢高将军。"

高侗说："你不要谢我，要谢就谢王将军吧。"

说完，高侗也转身走了。

我感到很纳闷儿，刚才那个黑衣人是谁呢？他为何要保护我？本来我有点怀疑他是王将军，可是后来王将军马上就跑过来了，他与黑衣人绝对不可能是同一个人。因为这两个人穿的衣服不同，一个是一身黑衣，另一个却是一袭白袍，在短短的时间内他们不可能把衣服换了。

这个神秘的黑衣人到底是谁呢？我百思不得其解。

## 二十七 遭遇偷袭

自从发生了陇头兵骚扰我的事件之后，王将军颁下严令：今后未经允许，任何人都不准进入我的帐篷，违者军法从事。他还派了几名军卒轮流在我的帐外站岗。从那以后，就再也没有人骚扰过我了。陇头兵们见了我都很客气，称我为薛校书。我心里很感激王将军，如果没有他保护我，我恐怕要成为松州军营的慰安妇了。

我来松州之前，韦皋对我说："你曾抱怨男人吟诗唱曲太酸听不得，大概你爱听松州的雄壮军号吧？你曾抱怨百尺山丘太低看不得，大概你爱看松州的千丈雪山吧？你曾抱怨寻常花香太俗闻不得，大概你爱闻松州的馨香雪莲吧？你曾抱怨农家饲养之鸡痴肥无味吃不得，大概你爱吃松州的山林野鸡吧？我罚你去边关松州，让你去好好体会体会军营生活。到了那里，你就不会再有这么多抱怨了。"

来到松州以后，日日都能看到雄伟的雪山和美丽的雪莲，可是我已经没有心情欣赏这些了。经过这段时间的军营生活，我亲身体会到戍边将士们的生活是多么艰苦。由于山高路险，军需供给十分困难，军营里经常因为军粮运不上来而断粮，将士们经常是饥一顿饱一顿，每天能吃上一顿饱饭就不错了。我才来不久，就难以忍受这里的艰苦生活了，然而，那些戍边的将士们，有些人已经在这里待了很多年，他们告别家中父母妻儿，抛家舍业来到边关，常年忍受饥寒和寂寞，甚至可能血洒疆场，牺牲生命。而城里的达官贵人们却整日歌舞升平、花天酒地，多么鲜明的对比啊！想到这里，我有些同情这些陇头兵了。

曼舞风尘

　　记得临行前,张玉箫曾对我说让我替将军慰问戍守边疆的将士们。我这个文艺女青年没别的本事,只会跳舞唱歌赋诗,那我就发挥专长,为将士们表演一些节目,以示慰问吧。
　　一天晚上,陇头兵围坐在篝火旁看我表演。我怀抱琵琶,一边弹奏,一边吟唱出两首小诗:

　　　　闻道边城苦,而今到始知。
　　　　却将门下曲,唱与陇头儿。

　　　　黠虏犹违命,烽烟直北愁。
　　　　却教严谴妾,不敢向松州。

　　唱完一曲后,陇头兵们使劲儿给我鼓掌,并且高喊:"薛姑娘唱得好!再唱一个。"
　　面对红红的篝火和这些勇敢的战士,我的眼前幻影般浮现出烽火狼烟、铁骑纵横的场面,于是,我又慷慨激昂地唱道:

　　　　天际寒星暗,边关冷月高。
　　　　番兵忽来犯,敌寇气焰嚣。
　　　　耀眼刀光闪,惊心鼙鼓敲。
　　　　西风烈马啸,烽火狼烟烧。

　　　　仗剑豪侠勇,持枪铁骑骁。
　　　　尘扬杀声吼,风卷战旗飘。
　　　　热血洒疆场,英魂升碧霄。
　　　　捐躯卫社稷,忠骨埋荒郊。

　　没想到我的诗歌又成谶语,就在唐营将士全都专心致志听我演唱时,忽然传来一片喊杀声。果真有一群番兵忽然来犯,他们举着寒光闪闪的长刀冲了过来。陇头兵猝不及防,已经有几个人被砍伤了。原来是吐蕃军队偷袭唐营来了。他们趁着夜色悄悄干掉唐营哨兵,然后偷偷摸上山来,企图乘唐军不备偷营劫寨。

## 遭遇偷袭

　　眨眼间，有几个敌兵就要冲到面前了。我吓得浑身发抖，不知所措。这时有个陇头兵跑到我身边，大声对我说："薛姑娘别怕，我来保护你。"

　　我看了他一眼，他长了一脸钢针般的大胡子，原来他就是那个大胡子马隆。

　　陇头兵们毕竟都是训练有素、身经百战的士卒，所以，虽然遭遇偷袭却是临危不乱。他们迅速拔出随身佩戴的刀剑，与敌兵拼斗起来。

　　大胡子马隆挡在我的身前，持刀力斗两名敌兵。酣斗了十几招之后，马隆大吼一声，一刀砍倒了一名敌兵。就在此时，侧方又有一个敌兵向我冲来。马隆为了保护我，不顾正面的敌人，转身抡刀砍向侧翼冲向我的那名敌兵，他一刀砍断了那个敌兵持刀的手臂。与此同时，一柄长刀从背后戳进了马隆的后心。马隆松手抛刀，慢慢倒了下去。这个我曾经讨厌过的人，现在却为了救我牺牲了生命。

　　那个杀死马隆的番兵，从马隆身上拔出战刀，刀身上沾满了鲜血，看上去恐怖吓人。他那凶狠的目光扫向我，我被吓得尖叫起来，心想：这下可完了，没救了。

　　就在我绝望至极时，忽听身边唰啦啦响起衣袂破风之声，一团黑影仿佛从天而降。一个黑衣人手持一柄雪亮的宝剑挡在了我的身前。我的心里一阵狂喜，顿时生出一种绝处逢生之感。

　　面前的那名敌兵不知厉害，举刀欲劈，哪知他的刀刚刚举起来，脑袋就没了。一个无头人站在那里举着刀，那样子实在怪异得很。原来他的头已被黑衣人用剑削掉了。又过了几秒钟，那个无头尸体才砰然倒地。

　　黑衣人手中的剑是一把削铁如泥的宝剑，而且他的武功之高更是令人难以想象。那真是大侠的身手，出剑如闪电霹雳，快速迅捷，凌厉无比。

　　周围的敌兵又攻上来，黑衣人的身形如鬼魅般一闪，宝剑已挥出，只见剑光爆闪如万道银蛇，光芒大盛。漫天剑影将周围每一寸空间都笼罩在阴森森的剑气里。敌兵只要遇上这股剑气就会立刻血溅当场，绝命身亡。

黑衣人的出手实在太快了，你根本看不清他使的招式，甚至看不清他手里拿的是一柄宝剑，只看见一团电光在闪耀，众敌兵无一人能避过他一招。黑衣人杀敌就像砍瓜切菜一般，剑锋到处所向披靡。转眼之间他已砍倒了一大片敌人。

　　火光之中忽然冲出一匹白马，马上一员年轻战将，银盔银甲白征袍，手持一杆亮银枪。正是王将军。

　　王将军是唐营一员猛将，枪法出众，武艺超群，有万夫不当之勇，手中一条银枪使得好似银龙摆尾，怪蟒翻身。敌兵沾上就死，遇到就亡。片刻之间他就挑翻了一大片敌兵。

　　王将军与黑衣人，一个马上，一个步下，枪挑剑劈，杀得敌兵难以招架。

　　陇头兵们见主将如此勇猛，全都倍受鼓舞，抖擞精神，奋勇杀敌。敌兵抵挡不住，丢盔弃甲逃下山去。

## 二十八  酣斗番将

第二天,王将军接到韦皋派快马信使送来的军情急信。信中说:吐蕃大军分三路大举犯我边境。北面两路人马攻向灵州和朔州,南面一路人马进攻松州。

韦皋欲亲率唐军主力攻击吐蕃腹地,使其腹背受敌,无法兼顾。韦皋命令王将军必须守住松州,牵制住这路敌兵。待韦皋的主力取胜之后,就立刻驰援松州,彻底打垮吐蕃军队。

昨夜,吐蕃军偷袭唐营没有成功。虽然损兵折将,但吐蕃军并未伤了元气,因为那只是小股部队的试探性攻击。

今天,敌军在山下摆开阵势,敲鼓摇旗,高声呐喊,要求唐军下山决战。王将军要挫一挫敌军的锐气,在高個等几员副将偏将的拥簇下,率兵冲下山去。

列开阵势后,王将军在马上往对面观瞧,见吐蕃军前有一员大将,此人人高马大,头戴乌金盔,身披乌金甲,手持一对特大号的镔铁锤,胯下骑着一匹雪蹄乌骓马。再往脸上看,只见他面似黑锅底,狮子鼻,大环眼,大嘴岔,颌下暴长一部钢髯。貌若猛张飞,亚赛黑李逵。

王将军大声喝道:"来将何人?通名报姓。"

那番将答道:"我乃吐蕃先锋大将结突梨,唐军有不怕死的过来受死。"

王将军问身后:"哪位将军先去会会这个结突梨?"

王将军身后有一员偏将名叫吴能,拍马舞刀,冲出阵去。

结突梨喝问:"来者何人?"

吴能答道:"我乃吴能。"说罢举刀便劈。

结突梨左手锤往上一撩，朝吴能刀杆砸去，说了声："撒手。"

吴能想不撒手都不行，手中大刀立刻被震飞出去。结突梨右手一锤砸下，吴能来不及躲闪，被砸中头顶，翻身落马，一命呜呼。

结突梨嘿嘿冷笑道："果然是个无能之辈。"

唐军大为震惊，没想到敌军先锋这么厉害，一个照面就把唐将砸落下马。

王将军身后又有一员偏将名叫曹苞，挺枪跃马来到阵前。口中喝道："番将莫要逞狂，俺曹苞来也。"

不等结突梨答话，曹苞照着结突梨当胸一枪刺去，结突梨举锤朝枪杆砸来，曹苞连忙撤枪，却已来不及了，虎口被震裂，铁枪脱手飞了出去。结突梨回手又是一锤砸去，曹苞闪身一躲，躲过了身子，但手臂没躲开，左臂被砸断，负痛逃回本阵。

结突梨得意洋洋道："都说唐将厉害，我看个个稀松平常，你们别总派些无能草包来送死，派个高手过来。"

转瞬之间，唐将一死一伤，这员番将实在太厉害了，唐营众将都有些胆怯。

王将军举起银枪，一抖马缰，准备亲自出战。

就听身后有人说道："王将军且慢，让我先去会会他，看他究竟有多大能耐。"

一匹战马撒开四蹄冲到阵前，马上坐的是唐营副将高偶。高偶生得虎背熊腰，身粗力大，手里拿着一对大铜锤。

结突梨喝道："来将通名。"

高偶道："我乃高偶是也。"

结突梨道："来吧小子，我看你这姓高的有何高招。"

高偶举起右手锤，使足力气，照着结突梨的脑袋狠狠砸去。

使锤的人力气都比较大，高偶这一锤势大力沉。

结突梨看到对方也使锤，想试试对方的力气，他举起手中锤往上一迎，口中大喊一声："开！"

两柄锤碰在一起，就听"当"的一声响，火星四溅，震耳欲聋。

高偶手中的锤被震开了，差一点没松了手。

结突梨回马举锤朝高偶砸去，口中说道："你也接我一锤。"

高偶不敢怠慢，举起双锤使劲往上一架。

又是"当"的一声巨响,高偶勉强把结突梨的锤架开了,虽然架开了锤,但自己身子一歪,险些没从马上掉下来,就觉得手臂酸麻,虎口生疼。

高偶心想:好家伙,这员番将的力气太大了,恐怕我也不是他的对手。

结突梨心想:这小子还有把子力气,竟能架住我的重锤。

两人马打盘旋,战在一处。锤来锤往,叮叮当当,声音就像打铁一般。

又战了有七八个回合,高偶力气不加,抵挡不住,只得拨马败回本阵。

回到本阵后,高偶对王将军说:"番将力大锤沉,末将招架不住,败阵逃回,有罪有罪。"

王将军说:"胜败乃兵家常事,高将军何罪之有?你且在此稍歇,看本将军去战那员番将。"

说罢,王将军拍马舞枪,冲向两军阵前。

高偶在后面喊:"王将军小心!"

王将军答道:"放心,料也无妨。"

结突梨连胜三将,正在阵前耀武扬威,摇锤呐喊。忽见对面飞奔来一匹战马,马上端坐一员战将,这员战将长得太俊了!只见他头戴亮银狮子盔,簪缨飘洒,身穿合叶连环甲,闪闪银光。跨骑一匹白龙马,踢跳咆嚎,手持一杆亮银枪,威风凛凛。往脸上看,见此人眉如扬剑,目似朗星,鼻若悬胆,面如冠玉,真仿佛俏罗成转世,又好似锦马超重生。

一黑一白,一丑一俊,两员战将立马阵前,兵器相向。

结突梨哈哈一笑道:"你这俊俏的小白脸不像战将,倒像个白面书生,你也能打仗吗?我劝你还是快回去吧,我还真不忍心一锤砸死你。"

王将军说:"你可不要小看我,我手中枪从未逢过敌手,别看你那锤沉,我照样叫你枪下做鬼。"

结突梨怒道:"小娃娃,不知天高地厚,既然你非要来送死,报上名来。"

王将军吼道:"废话少说,你看枪吧!"

不等结突梨举锤，王将军抬枪便刺，唰唰唰一连三枪，两枪刺双目，一枪刺心窝。结突梨没想到王将军的枪来得这么快，急忙左躲右闪，弄得他手忙脚乱、狼狈不堪。好不容易躲过这三枪。但战袍的系带被枪挑断了，一领战袍呼啦啦飘落马下，惊得他一身冷汗，心说："好险！"

结突梨不敢再轻敌，抖擞精神大战王将军。枪来锤去，马来马往，枪挑锤，好似银龙探爪，锤架枪，浑如狮子摇头。这一场大战真是棋逢对手，将遇良才，两人战了五十多个回合，不分胜败。

这个结突梨乃是吐蕃军中的第一猛将，力大无比，平生罕逢对手，此前，还没有一员敌将能在他马前走过十个回合以上。今日对面这位银盔银甲白马长枪的唐将，竟然与他斗了五十多个回合不分输赢，结突梨心里暗暗称奇。

两人一边打，一边都在心里琢磨如何才能战胜对方。

结突梨心想：这员唐将武艺高强，枪法精妙，很不容易对付，但他的力量不如我，我要想办法把他手里的枪震飞，他手里若没了兵器，就只能束手就擒了。想到这里，他抡开双锤，专往王将军的枪杆上砸，想要将王将军手中枪砸飞。

王将军也在想：看来我的力气不如对手大，绝不能让他的锤砸到我的枪杆上，一旦手中枪被他震飞脱手，我手里没有了兵器如何迎敌？所以王将军总是躲着结突梨的双锤，专用巧妙的招数攻击他的破绽，企图以巧破千斤。可是结突梨不但力大，武艺也不错，双锤舞开，很少露出破绽。

二将相斗，力量大的人占便宜，正所谓一力降十会。又斗了十几个回合，王将军渐感吃力，心中暗想：不能和他继续拼体力缠斗下去，否则我会吃亏，必须速战速决，使用我的绝招回马枪赢他。想到这里，王将军虚晃一枪，拨回马便走。

结突梨见王将军枪法未乱，却回马败走。心中暗想：他是不是诈败？企图引诱我上当，想败中取胜。我可不能上他的当。所以结突梨勒住坐骑，没有追赶。

王将军的战马跑出去不远，忽然不知被何物绊了一下，马失前蹄，把王将军掀翻在地上。

## 二十九 快剑无情

结突梨一见王将军战马失足，跌落马下，哈哈大笑，正要拍马上前捉拿王将军。忽然眼前黑影一闪，一个黑衣人手持宝剑立在他的马前。

结突梨心中一惊，这黑衣人好快的身法！也没见他跑过来，怎么一下子就出现在我面前了？

这时，王将军已经站起身来，提枪上马，在一旁观看。

黑衣人高声断喝："番将休要猖狂，你家爷爷在此，还不快快下马投降。"

结突梨大怒："哪里来的狂徒，竟敢自称爷爷。看我一锤把你砸扁了，让你变成龟孙子。"

结突梨举起右手锤，照着黑衣人搂头盖脑狠狠砸了下去。

呼！大锤带着风声直奔黑衣人头顶。

结突梨心想，我这一锤下去，一定把你砸个粉身碎骨。你那宝剑是件轻兵器，根本架不住我的重锤。

哪知这一锤没砸到人，砸到的只是空气。

黑衣人眨眼之间不见了踪影。

咦，人呢？结突梨心中纳闷儿，黑衣人怎么不见了？难道被我一锤砸入土了？

这时候，就听侧面有人哈哈大笑道："番将，你手里那对球根本砸不到爷爷。"

原来黑衣人早已一闪身躲到侧面去了。

结突梨气得眼中火星乱冒，哇呀呀暴叫着，拍马抡锤，又向黑衣人冲去。

战马冲到黑衣人近前，结突梨举起大锤弯腰猛砸下去，黑衣人轻轻一闪身又躲开了，结突梨又砸了一个空。蹄声哒哒，战马冲出去十几米，他拨回马头，再次冲向黑衣人。如此往返了几个回合，结突梨每次都砸空，大锤根本沾不到黑衣人的身子，白白耗费了他许多力气，全都是空劳往返。

二人各有所思，结突梨暗想，我骑在马上，对付马上的敌将我都能轻松取胜，可是，他在步下，让我有劲儿使不出来，因为我的锤是短兵器，锤柄太短，骑在马上够不着他，我每次都需要弯下腰去砸他，这就影响了我的出手速度，所以总是砸空，每次都让他轻易躲闪过去，干脆我下马与他步战算了。

黑衣人也在想，我手里的宝剑长度不够，番将人高马大，他骑在马上，我只能刺到他的腰部以下，刺不到他的头颈要害，我要想办法先把他弄下马来，然后再伺机干掉他。

结突梨的战马再次冲到黑衣人身前，他忽然甩镫离鞍，飞身跃下马背。与此同时黑衣人却低头弯腰，挥剑向马脚斩去。喀嚓一声，马脚被利剑斩断了，那匹马一头栽倒下去。

结突梨此刻已经下了马，心里却是一阵后怕，心想，我如果不是提前跃下马背，此时非被摔在地上不可，若是那样，恐怕我现在已经人头落地了。

黑衣人本想在斩断马脚后，乘结突梨被摔下马之机下手刺杀他，没想到结突梨的马虽然倒了，人却没倒下。此时他已经站在黑衣人面前。

结突梨身高一丈有余，又高又壮，站在那里就像一座黑铁塔。黑衣人也是高大雄壮之人，身高八尺，肩宽背阔，可是在结突梨面前却显得矮了许多，结突梨比他高一头，粗一圈。所以结突梨并没有把黑衣人放在眼里，他心想，这个黑衣人只不过就是身体灵巧一点而已，但你没我力气大，看我一锤把你砸扁了，为我的战马报仇。

黑衣人不慌不忙，心想：只要你下了马就好办了，看我一剑刺穿你的喉咙。

结突梨怒吼一声："这回看你还往哪儿躲？"

他腾身而起，举起右手锤，朝黑衣人头顶狠狠砸去。

黑衣人向后轻轻一纵,又躲开了这一锤。同时抬起手中宝剑指向结突梨的咽喉要害,剑尖微微颤动,就像毒蛇吐芯一般令人胆寒。

结突梨是武术行家,此时已看出黑衣人绝非等闲之辈,所以他也加了小心,左手锤当胸封住门户,用于防守,举起右手锤准备攻击。

黑衣人与结突梨在阵前绕圈对峙,谁也不愿盲目出手,都在寻找对方的破绽。

高手间的较量其实并不好看,往往就是一招决胜负。并没有武打电影里那些漂亮花哨的动作,武打电影里那些花拳绣腿其实不是武术,而是舞术,观赏性很好,但实用性不强。

武侠小说里的许多招式也不适合实战。什么你一招"有凤来仪",我一招"苍松迎客",你一招"野马分鬃",我一招"长虹贯日"。这哪里是对打,纯粹是一场套路表演。

实际上两个人的拼斗拼的就是力量和速度。若没有力量速度做基础,再好的招式也没用。结突梨与黑衣人各有所长,结突梨力大绝伦,黑衣人迅捷无比,这是一场力量与速度的比拼,不知最终将是谁胜谁负。

黑衣人的剑法是无招的,如果非说他有招,那就只有一招,便是闪电一击。他的出手速度极快,手中剑轻易不出手,一旦出手,就快如闪电,例无虚发,必是一剑封喉。

两人对峙了一小会儿,还是结突梨忍不住先出手了。他挥出右手锤,砸向黑衣人手持的宝剑,想把黑衣人手中剑砸落。

黑衣人一撤手臂,躲开这一锤。紧接着一个向前跨步,做出一个奇快的反击动作,趁结突梨锤头下落,露出空门之机,一剑刺向他的哽嗓咽喉。

结突梨挥动左手锤企图封挡这一剑,但已经来不及了。由于他前面力斗唐营几员大将,消耗了不少体力,再加上锤重,速度自然就慢了。这一锤没挡住黑衣人的快剑,电光石火间,冰冷的剑尖已无情地刺入结突梨的咽喉。

结突梨圆睁双目,表情充满惊惧和怀疑,似乎还不相信,天下竟会有这么快的剑,那速度快得简直令人难以置信。

黑衣人一剑刺穿了结突梨的咽喉，然后抽回宝剑。一股鲜血从剑孔处喷涌而出，结突梨庞大的身躯随之轰然倒下，两柄大锤掉在地上溅起一层浮尘。

　　见黑衣人刺倒结突梨，王将军大喜，一挥手中银枪，朝身后大喊一声："冲啊！"一马当先冲向敌阵。

　　后面的陇头兵们举起刀枪，跟随王将军，高喊着杀声，奋勇冲杀向前。

　　吐蕃军见自己的先锋倒下，兵无斗志，无心恋战，纷纷败退下去。唐军乘胜追击，一鼓作气，把吐蕃军杀退二十里。

　　这一仗，唐军大获全胜，缴获敌兵刀枪弓箭无数。陇头兵们敲着得胜鼓，高奏凯歌，返回营寨。

## 三十 抑郁成疾

　　这一仗的胜利,黑衣人功劳最大。如果不是黑衣人打败吐蕃先锋结突梨,就不会有唐军今日的大胜。可是,当唐军论功行赏之时,黑衣人却不见了。这个神秘的黑衣人到底是谁呢?看来他似乎不是唐营中的人,然而他又为何屡次帮助唐军呢?每到关键时刻,他就会突然出现,事后又总是不见了踪影,好似神龙见首不见尾。

　　王将军好像知道这个黑衣人是谁,黑衣人救了他,王将军却连一个谢字都不说,似乎这是理所应当的。王将军与这个黑衣人究竟是什么关系呢?这个问题在我的脑子里思来想去,却始终也理不出一个头绪。

　　在唐营庆功宴上,王将军与陇头兵举杯畅饮,兴高采烈。也许他们对于沙场阵亡早已司空见惯,不会再悲伤了。可我却感到很悲痛,我在心里为大胡子马隆感到惋惜。马隆表面上看似粗野无礼,其实他非常仗义,当我遇到危险时,他毫不犹豫,挺身而出保护我,自己却牺牲了生命。

　　烽烟不息。有多少将士为此牺牲,多少黎民百姓饱受战乱之苦啊!吐蕃与大唐同属中华,为何总要打仗?我真希望双方能早日息兵罢战,化干戈为玉帛,民族和睦,共享太平。

　　松州山下的这场激战结束后,由于惊吓过度,再加上边寨气候寒冷,我又衣衫单薄,抵不住风雪严寒的侵袭,终于病倒了,我觉得浑身发冷,冷得我直打哆嗦,而且还不停地剧烈咳嗽,脑袋也昏昏沉沉的,大概是得了重感冒。

我一个人躺在帐内冰冷的床上，感到格外寂寞凄凉。沦落天涯的我举目无亲，孤苦伶仃，无依无靠，连丫鬟春红都不在身边。忽然我眼前一阵发黑，昏了过去。

当我醒来的时候，看到帐中摆放着一个炭火盆，盆中的炭火烧得红红的，给冰冷的营帐带来了一股暖意。有两个人站在我的床边，一位是王将军，一位是高偶将军。床前还坐着一位老郎中正在给我把脉。

见我醒过来，那位老郎中对王将军说道："这位姑娘的身体并无大碍，只是外感风寒，风邪侵肺。我给她开一个药方，疏风散寒，宣肺祛邪。吃上几副药之后，她的病情就会好转。但从脉象来看，她还有些肝郁气滞，气机不畅，这是情志不舒引起的，姑娘大概最近心情不太好，而心情是无法靠药物治疗的。"

王将军说："这位姑娘得罪了高官，被罚到边关受罪，心里肯定不好受。"

老郎中又对王将军说道："将军你要多开导她，让她的心情好起来，如果心情好了，她的抑郁病症就会逐渐消失。"

王将军说："我会尽力开导她的，请先生开药方吧。"

老郎中拿出纸笔，唰唰数笔，便写出了一副药方。

王将军拿过药方看了看，然后把药方递给高偶，对他说："我军营之中缺医少药，药方中的几味药目前营里没有。劳烦高将军跑一趟，你骑快马去松州城里找个药铺照方抓药，然后快点回来，别耽误了薛姑娘的病情。"

"是。"高偶答应了一声，转身走了。

那位老郎中也起身告辞，王将军将他送出了帐外。

送走老郎中之后，王将军又回到帐中看望我。

此时，帐中只有王将军和我两个人。我的心中思潮翻涌，似乎有许多话要对他说，可是，一时之间又不知从何说起。

王将军走到炭火盆前，看到盆中的炭火已经快要燃尽了，于是他又往火盆里加了几块木炭，用火钳拨弄了几下子，让炭火重新燃旺起来。

王将军问我："冷不冷？"

"不冷了。"我回答。

我俩对视了一眼,都低下头,谁也不说话了。

过了一会儿,见王将军仍不说话,我忍不住先开口问道:"你怎么也被罚到松州来啦?是不是因为受到我的连累,韦皋将军也生你的气了?"

他仍然低着头,眼睛看着地,没有回答我。

我心中暗想,他一个大男人,怎么好像比女人还羞涩,如此少言寡语。

我又问:"你为什么不回答我?"

他说:"姑娘不要多问,戍守边疆是男儿的职责,何谈被罚。"

我忽然觉得他说话的嗓音有点不对劲儿,似乎有些沙哑,和以前不太一样。

我问他:"你的嗓音怎么变了?"

他支吾道:"啊,大概是因为冲锋打仗的时候大声呐喊,把嗓子喊哑了。"

我说:"有一味药叫胖大海能治嗓子,你可以用它泡水喝。"

"小毛病,过两天就会好,不用吃药。"

我说:"边关条件艰苦,将军也要多注意身体。"

"谢谢姑娘的关心。"

我俩又都沉默无语了,气氛显得有些沉闷。

又过了一会儿,我说道:"你真是个闷骚。"

王将军感到莫名其妙,不解地问:"我没骚扰你呀,你为何说我是闷骚?"

他不懂什么是闷骚,我只好给他解释道:"闷骚是说你总是中规中矩,严肃内向,不轻易表露自己的情感。其实你内心深处也有几分狂野和感性,但你把它们隐藏得很深。你懂得藏九分露一分的韬光养晦之道,所以总是藏而不露。"

大概因为说话有点多,我又剧烈咳嗽起来。

王将军倒了一杯水递给我,对我说:"姑娘病体未愈,不要多说话,好好休息吧,我告辞了。明天我会找人来服侍你。"

说完,他转身向帐外走去。

我很想把他叫住,让他再陪我多说一会儿话,可是我却没有开口,眼看着他头也不回地走了,心里感到有些怅然。

第二天，王将军果然找来一个当地的婆子来服侍我。我连续服了几剂汤药，生活起居又有人照顾，病情逐渐好转了，但心情却没有好转。

　　陇头兵对我都非常好，听说我病了，有人为我采来雪莲，有人为我猎来野兔，还有人制作了鹿皮靴和鹿皮手套送给我，让我能穿戴得暖和一些。这些纯朴的士兵们真的很可爱，我只是为他们唱了几支歌，跳了几段舞，他们便对我这样好。在他们眼里并没有把我看作被罚到边关的乐妓，而是把我当作了他们的小妹妹，这让我非常感动。尽管他们都对我很好，我却依然愁绪难消，我知道这是因为王将军的缘故，我心里已经爱上他了，日日相思。可他虽然对我很关照，但对于感情却总是遮遮掩掩，吞吞吐吐，始终没有明确表态，所以我的心情始终好不起来。那位老郎中说过，心情是无法靠药物治疗的。看来要治好心病，还需解开这个心结。我打算找个机会和王将军好好谈一次，向他敞开心扉，表达我对他的爱慕之情，也让他给我一个明确答复，成与不成来个干脆痛快的。

## 三十一　求爱遭拒

有一天上午，王将军又来到我的帐篷中看我。

我在心里暗自思量，今天我要不要主动向他求爱？从古至今都是男人主动向女人求爱，哪有女人反去主动向男人求爱的？可是我如果不主动，王将军会主动吗？看来是不大可能的。他心里到底是怎么想的，我无法得知。都说女人心海底针难以猜测，现在我倒觉得男人心更难猜测，男人心就像一只神秘的箱子，里面锁着无数个秘密。

王将军问道："姑娘身体好些了吗？"

我答道："托将军之福，已经好多了。"

伺候我的婆子给王将军搬来一把椅子，让他坐在床边。然后又给他倒了一杯水。

王将军低头闷坐，默然无语。

我对婆子说道："今天中午，我想喝点野菜粥。你去山坡上为我挖点野菜吧？"

"是。"婆子答应了一声，然后转身出去了。

支走了婆子，现在帐中只有我和王将军两个人了，难得的机会啊。我心里想，不能错过这个机会，还是由我主动开口吧。于是我说道："我有些话想要对你说。"

"姑娘请讲。"

我说道："我们相识的时间已经不算短了，你还记得我们初次见面时的情景吗？"

王将军木讷地看着我，没有作声。他似乎对以前的事情已经忘记了。

我有些失望，但还是接着说："那天我在台上表演节目，你陪韦皋将军前来观看。当时，我把一束花抛下舞台，你一纵身就把那束花抓在手里，动作潇洒漂亮。自从那天见到你，我就对你产生了好感。你不仅相貌英俊，而且武艺高强，身手不凡。你就是我心中的白马王子。"

他不解地说："我虽然骑白马，但我并不是王子啊。"

我忽然想起，唐代还没有出现"白马王子"这个词呢，是我用词不当。

我对他说："你虽然不是王子，但你是我心中的大英雄，我就喜欢你这样的英雄。还记得琴箫合奏的梦境吗？那是我们共同的梦。如果你不嫌弃我是个乐妓，我愿嫁给你，和你相伴一生。"

他低下头，不言不语。

我说道："你打起仗来像个英雄，怎么在我面前却变得这么腼腆，一点儿也不像个男子汉。你到底愿意不愿意，给我一句痛快话，行吗？"

他欲言又止，似在低头沉思

我又说："我知道你心里有顾虑，因为你晓得韦将军喜欢我，而你又是他的属下，不敢夺他所爱，对不对？可是韦将军已经不要我了，还把我罚到边关受苦，既然他已经对我不感兴趣了，你还顾虑什么？况且他现在又不在这里。"

王将军抬起头，看了看我，然后说："我是一员戍守边疆的武将，经常跨马持枪，冲锋陷阵，总在刀枪丛中进进出出，说不定哪一天，我便会马革裹尸，战死沙场。而你还这么年轻，我不能耽误了你的一生，不能让你将来为我守寡一辈子，所以，我现在不能娶你。"

他的这一番话，令我大失所望。我本来想和他叙叙旧，让他念起旧情，忆起我们的初识，忆起那琴箫合奏的美丽梦境，接受我的求爱，可是他却一点都不了解我的心意。

沉默了一会儿，我直率地说："我讨厌打仗，讨厌流血。你现在能不能解甲归田，不当这个戍边军官了？我们一起隐遁到一个谁也找不到的地方去，就像西施和范蠡那样，携手隐逸，泛舟五湖，一起去过逍遥自在的日子。"

王将军迟疑了一下，然后说道："虽然我很羡慕范蠡，功成身退，携美人归隐。可我此时正肩负着保卫边疆的重任。假如我弃官不做一走了之，这里没有主将就会群龙无首、军心涣散，若外敌乘机进攻，我守军必败。敌军就会进一步犯我大唐，黎民百姓又要遭受战乱之苦了，因此我不能擅离职守去和你快意江湖。还望姑娘能够理解我。"

他说的这些道理我都明白，作为一名戍边军人，确实不能为了儿女私情而擅离职守，否则，那岂不成逃兵了吗？

我说："当此外敌入侵之时，你确实应该率军抵抗，而不能解甲归田，你是一个有报国之志的军人，我理解你，敬重你，也爱慕你。虽然你现在暂时还不能娶我，但我可以等，一直等到你彻底打败来犯之敌，边境安宁，天下太平之时。"

王将军说："你不要等我，别为了我耽误了自己的青春，我不值得你等，其一，因为我不知道这场边境之战会持续多久，即便我们这次击退了来犯之敌，敌人也随时可能再次来犯，守卫边防是我长期的任务；其二，姑娘并不适合在这个地方久待，韦将军其实只是一时之怒，只要你能向他低个头认个错，他消了气就会让你回成都；其三……"

他忽然停住不说了。

我问道："其三是什么？"

"其三……"他嚅嗫着。

我说道："你今天说话怎么总是吞吞吐吐的，有什么话就都痛痛快快说地出来好了。"

他犹豫了一下，然后开口说道："其三，我只是把你当作妹妹看待，我并不是那个真正爱你的人。"

王将军说出的话让我感到很意外，我瞪大眼睛惊奇地看着他。他把眼睛转向别处，似乎在躲避我的目光。

我问道："那你知道谁是真正爱我的人吗？"

王将军说："我知道。"

"他是谁？"我追问道。

"他是……他是……"王将军又犹豫了。

"他到底是谁？你快说呀。"我着急地问。

"他，他是那个黑衣人。"王将军说。

我问道："看来你一定知道黑衣人是谁，他是谁？你能告诉我吗？"

"我知道他是谁，但是，我现在还不能告诉你。"

王将军为什么说黑衣人才是真正爱我的人？那个神秘的黑衣人到底是谁呢？我很好奇，但现在却不能得到答案。

求爱遭到拒绝，让我感到十分沮丧。我的爱情之花还未绽放就凋落了。自古以来，风尘女子有几人能在自己如花的年华遇到心爱的人，同时又能得到他的爱呢？我遇到了他，却无法得到他的爱。缘起缘灭，犹如花开花落，令人无奈而又伤感。

我心悲凉，无以排解，随口吟出一首小诗：

　　　　花开不同赏，花落不同悲。
　　　　欲问相思处，花开花落时。

## 三十二 写诗认错

不久,远方传来了捷报。在王将军坚守松州期间,西川节度使韦皋率唐军主力攻击吐蕃腹地连获大捷,攻克城池七座,俘虏敌兵十万余人,生擒吐蕃大元帅论莽热,解除了吐蕃对大唐西南边陲的威胁。韦皋抗击吐蕃有功,唐德宗加封他为南康郡王,检校司徒兼中书令。

凯旋回到成都后,韦皋大摆筵席,庆功贺胜。酒席宴上,韦皋手下的群僚竞相大拍马屁,交口称赞道:"韦将军运筹帷幄,决胜千里,用兵如神。"

几杯酒下肚,韦皋满面红光,开口道:"此次大捷,乃我全军上下一心,将士用命,非本将军一人之功也。"

群僚纷纷吹捧道:"韦将军太谦虚了,此次大捷,全赖韦将军指挥有方,将军的才智前无古人,后无来者。就算是诸葛孔明再生也不及韦将军啊!"

韦皋听了哈哈大笑。他常常自比诸葛亮,手下这帮马屁精们投其所好,夸得韦皋心花怒放,得意洋洋。

韦皋高兴之余忽然想起了我,端着酒杯,口中叹息:"值此可庆可贺之时,可惜酒席上没有薛校书赋诗助兴!"

身旁的夫人张玉箫乘机说道:"薛姑娘被你罚到松州,在那里吃了许多苦头。我看你还是把她召回来吧,宴席之上也好有个能赋诗凑趣的人啊。"

韦皋说:"薛涛当初太任性,太不听话,我把她罚到松州,是为了磨一磨她的性子,并没打算让她在那里待一辈子,如果她能给我认个错,我就召她回来。"

夫人张玉箫派人到松州给我送来口信，说是只要我能向韦皋认个错，他就可以把我召回成都。我心里暗自思量，究竟要不要认个错呢？思来想去最后还是决定认个错，一来夫人张玉箫的好意我不能不领情；二来松州这个苦地方我确实已经待够了；三来王将军拒绝了我，我的爱情梦破灭了，这里还有什么可留恋的？

低头认错不就是写一份检讨书吗，写就写吧。我找来笔墨和纸砚，一口气写出了十首诗，题名为《十离诗》。

### 其一 犬离主

驯扰朱门四五年，毛香足净主人怜；
无端咬着亲情客，不得红丝毯上眠。

### 其二 笔离手

越管宣毫始称情，红笺纸上撒花琼。
都缘用久锋头尽，不得羲之手里擎。

### 其三 马离厩

雪耳红毛浅碧蹄，追风曾到日东西。
为惊玉貌郎君坠，不得华轩更一嘶。

### 其四 鹦鹉离笼

陇西独处一孤身，飞去飞来锦茵裀。
都缘出语无方便，不得笼中更换人。

### 其五 燕离巢

出入朱门未忍抛，主人常爱语交交。
衔泥秽污珊瑚枕，不得梁间更垒巢。

### 其六 珠离掌

皎洁圆明内外通，清光似照水晶宫。
只缘一点玷相秽，不得终宵在掌中。

### 其七 鱼离池

跳跃深池四五秋，常摇朱尾弄纶钩。
无端摆断芙蓉朵，不得清波更一游。

### 其八 鹰离鞲

爪利如锋眼似铃，平原捉兔称高情。
无端窜向青云外，不得君王臂上擎。

### 其九 竹离亭

蓊郁新栽四五行，常将劲节负秋霜。
为缘春笋钻墙破，不得垂阴覆玉堂。

### 其十 镜离台

铸泻黄金镜始开，初生三五月徘徊。
为遭无限尘蒙蔽，不得华堂上玉台。

  第一首诗《犬离主》是用犬来比喻我自己，而把韦皋比作了自己的主人，只因爱犬无端咬了亲情客，引起主人不快，使得主人厌弃了爱犬，让它不得在红丝毯上安卧。其他九首诗也都大体上类似，这里就不再一一说明了。

  有人认为《十离诗》根本就不是诗，而是十足的检讨书、认罪书。太谄媚，太没骨气，完全失去了气节，可是，谁又能理解一个柔弱女子身处风雪边关的孤寂和悲苦呢？

韦皋看到《十离诗》之后，很快就派人把我接回成都，并且与我和好如初，甚至对我比以前更好。由于韦皋让我在松州吃了许多苦，也许心里有点内疚，作为补偿，他为我脱去乐籍，免除了我的乐妓身份。他还在城西的浣花溪畔又为我购置了一所漂亮的园子，让我寓居其中。园内有曲水荷塘、假山花圃、楼榭亭台，环境十分幽雅。我在园中种植了许多菖蒲，这是一种草本植物，喜生水边，气味芳香。

　　我的生活又恢复了往日的样子，韦皋每当宴客之时便会呼我去侍宴陪酒。座上客多半都是诸侯贵胄。

　　某日吃罢晚饭，我在园中闲坐。夜幕悄临，楼前一轮明月渐渐升起，引发了我的诗兴，遂铺纸提笔写下一诗：

　　　　风雨瑟居楼上头，门前车马半诸侯。
　　　　一庭菖蒲一轮月，写照红笺腕更柔。

　　一阵晚风吹拂过我的面颊，带来一丝凉意。残荷落秋水，淡月满西楼，秋意更添离愁。不经意间，我又想起远在边关的他。虽然他已拒绝了我的求爱，但不知为何，我却仍然无法将他忘怀。看来我已深陷情网，难以自拔了。

　　山高水远，关山重重。我只能用诗来表达对远方的情思。于是我又铺开纸，写下一首诗，题为《赠远》：

　　　　芙蓉新落蜀山秋，锦字开缄到是愁。
　　　　闺阁不知戎马事，月高还上望夫楼。

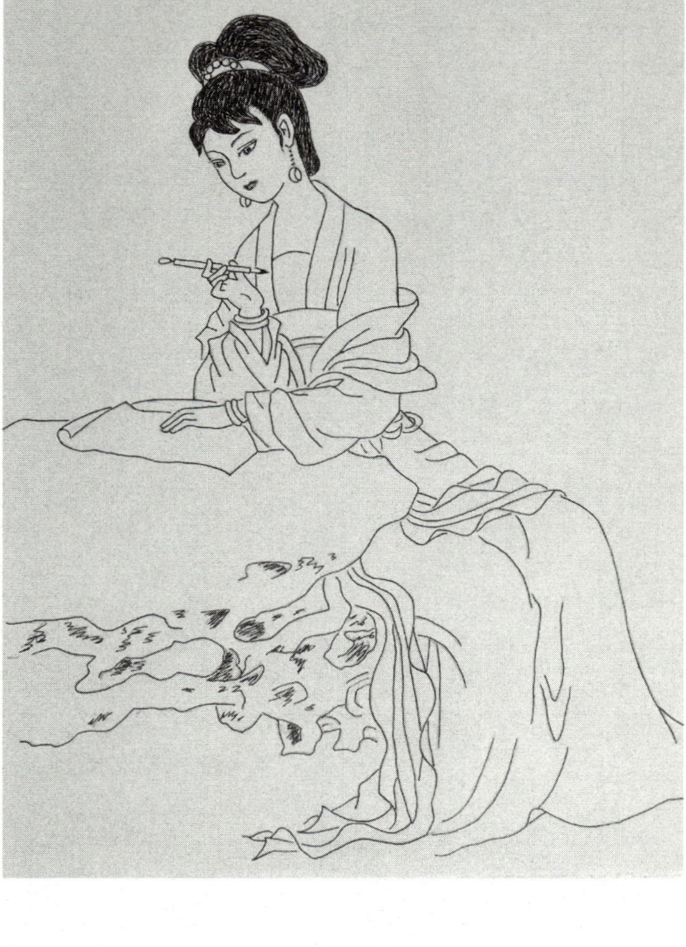

## 三十三　强奸未遂

　　四季轮回往复，又是一年春风起。春寒尚料峭，梅花却已开满枝头。春风里，朵朵花蕾竞相绽放，昂首迎春。花开虽好，我心依旧愁绪难消。音信绝，人隔远，我总是挥不去那莫名的相思。凝望园中满枝的梅花，我手抚琴弦，一边弹奏，一边吟唱道：

　　　　那堪花满枝，翻作两相思。
　　　　玉簪垂朝镜，春风知不知？

　　背后有人开口称赞："好诗！好诗！"
　　我回头一看，原来是韦皋走了进来。韦皋今天没带随从，独自一人来到我的园中。
　　见他进来，我连忙起身迎接。
　　韦皋挥手示意让我坐下，然后走到我的旁边，拉过一个凳子也坐了下来。
　　韦皋说："今天闲来无事，来你这儿坐坐，听听你弹琴，你继续弹奏吧。"
　　我理了理琴弦，素手轻弹，奏出一曲《梅花三弄》。
　　一曲过后，韦皋抚掌赞道："弹得妙！琴声清幽，犹如月照梅枝，暗香疏影，唤起玉人。"
　　我笑着说道："看来将军是个内行人，很懂音律。"
　　韦皋说："我自小喜欢听琴，虽然不会弹奏，却会欣赏。"
　　我心想，都说韦皋是个儒将，看来确实不假，此人琴棋书画皆通，还真有几分风流儒雅的气质。

我说:"在松州期间我很寂寞,每日里只能靠弹琴来发泄心中苦闷,打发空虚无聊的日子,无意中竟提高了琴艺。"

韦皋说:"我罚你去松州,让你吃了许多苦头,你心里会不会怨恨我?"

我说:"我怎敢怨恨将军,当初是我年少轻狂,顶撞了你,只能怪我自己那时太不懂事。"

韦皋看了看我,眼里露出一丝笑意,又说:"不怨就好。其实我的心你应该能懂。"

我心里明白,韦皋是因为喜欢我,当听说我与王灏有恋情时心生嫉妒,因爱生恨,所以才罚我去松州的。

韦皋又说:"现在我让你回到成都,解除了你的乐妓身份,又给你买了这所大园子,你说我这是为了什么?"

我心想,这还用问,你不就是想包养我,让我给你当小三嘛。但我嘴上什么也没说。低下头,沉默不语。

这时,坐在身边的韦皋冷不丁抱住了我。我吃了一惊,轻呼一声,用手推他,却推不动。

我头上插了一朵刚刚从园子里摘的梅花,韦皋用鼻子闻了闻说道:"好香!"

我被韦皋紧紧抱在怀里动弹不得,索性就不动了。当初是他把我从青楼赎了出来,如今又为我解除了乐妓身份,还为我买了这所浣花溪别墅让我居住,我的一切都是他给的,现在,他如果想要我的身子,我还能拒绝他吗?

这时,我又想起那个黑衣人。王将军说黑衣人喜欢我,如果他知道韦皋想非礼我,他会不会对韦皋下手?

我抬起头,强笑着对韦皋说:"你先放开我,让我再为你弹奏一支好听的曲子,行吗?"

韦皋说:"我现在已经无心听你弹琴了。"

在体内荷尔蒙的作用下,韦皋开始躁动,低头要吻我。

我躲闪了一下,急中生智说道:"那让我给你讲个故事吧。"

"呵呵,你还会讲故事?"韦皋似乎有点兴趣了。

我只想拖延一点时间,连忙说:"我会讲《西游记》的故事。你听过这个故事吗?"

我知道他肯定没听过，因为在唐代《西游记》这部小说还没问世呢。《西游记》小说是明代吴承恩写的。

果然韦皋说："我没听过，你讲给我听听吧。"

韦皋终于肯听我讲故事了。但他仍把我紧紧抱在怀里，好像生怕我会跑掉似的。无奈之下，我只好任由他抱着，倚在他怀里给他讲故事。我开口讲道："唐僧师徒四人去西天取经。途中遇到七个美女，号称七仙姑，其实，这是七只蜘蛛精变的。她们露出雪白的肚皮，从肚脐眼里冒出丝线，把唐僧和猪八戒捆住，然后把他俩捉进了盘丝洞……"

韦皋耳朵在听我讲故事，手却不老实，把手伸向我的身体，在我身上乱摸，弄得我浑身发痒。

我抓住他的手，说道："别乱动，先听我把故事讲完，好吗？"他的手暂时停住不动了。

我继续讲道："孙悟空为救唐僧和八戒来到盘丝洞口，洞门紧闭着。他举起金箍棒大喊：快快开门，再不开门我就打进去了。"

韦皋又躁动了，把头俯下来要吻我的唇。我侧了一下头，他吻在了我的脸颊上，温润的舌尖在我脸上蹭来蹭去，从脸颊吻到耳根，又从耳根吻到我的颈项……

韦皋欲火难耐，猛然把我按倒在地，用手撕扯我的衣裙。我极力挣扎，却怎么也挣不脱，他是武将，力气很大。

我大声说道："别忘了，你可是我义父，哪有义父这样对待女儿的，这不是乱伦吗？"

韦皋说："义父不同于生父，那其实就是个幌子。"

怪不得21世纪仍有些义父和干女儿关系暧昧，纠缠不清，原来都是跟韦皋学的。

韦皋解开裤腰带，嬉皮笑脸地说："盘丝洞口在哪里？我也有根金箍棒，快快开门，再不开门我就……"

眼看我就要失身于韦皋，就在此时，忽然从我们头顶上传来一丝风声。

韦皋立刻放开我，提上裤子，侧耳细听，仿佛有所警觉。

我也朝四处望了望，却没发现有什么异常。

韦皋忽然一个鲤鱼打挺站起身来，神色有些紧张。

一股风声又起，韦皋感觉似乎有一件暗器向他袭来，急忙一闪身躲了过去，回头看时，一蓬梅花瓣洒落在地上。韦皋一个急转身，弯腰捡起一枚石子甩手打了出去，呼的一声，石子飞向身后的梅花丛。花枝震动了一下，枝上梅花纷纷飘落，仿佛一阵花雨。与此同时唰啦一响，我看见一只黑色大鸟腾空而起，飞速掠过花丛，转眼之间就不见了。

我对韦皋说："虚惊一场，原来只是一只大鸟。"

韦皋却说："那不是一只鸟，而是一个人展开双臂腾跃，身姿形如飞鸟。"

我惊疑地说："是吗？我怎么没看出来那是人？"

韦皋说："他的身法太快，你毫无武功，当然看不出来。我是练武之人，目力强，我能看出那是个轻功绝顶的人。"

我说："此人似乎并无恶意，因为他并没出手攻击咱们啊？"

"不，他已经对我出手了，刚才落在地上的一蓬花瓣，就是他向我打出的暗器。"

我不解地问："花瓣怎么能算暗器呢？"

韦皋说："武功绝高的人摘花采叶都可以当作暗器。这个人肯定是一位武林高手，不过，看来他并没想伤我，他只是想警告我不要对你轻举妄动。所以，他没有使用真正的暗器。"

我已经猜出此人是谁了，大概又是那个神秘的黑衣人。可他不是在松州吗？难道他又暗地跟随我回到成都了？

由于受到此番骚扰，韦皋这时已经没有了"性趣"。他用手整了整凌乱的衣巾，对我说："你早点儿休息吧，我回去了。"

说完，他转身悻悻地走了。

## 三十四 朝中动乱

韦皋被朝廷加封为南康郡王之后，要去京城长安参加一个受封仪式。临行前，他又来到浣花溪看我。

韦皋说道："打了胜仗，升了官，封了王，明天我就要去长安接受赐封了。"

我说："恭喜义父。"

韦皋说："你叫我义父，我总觉得有些别扭，好像我的年龄比你大很多似的，我有那么老吗？"

我媚笑道："你一点儿都不老，看上去还挺年轻的。"

韦皋哈哈一笑："真的吗？你是不是在恭维我？"

我说："不是恭维，你真的不显老，不信，你自己照镜子瞧瞧。"

韦皋笑道："既然如此，就别再叫我义父了，你我兄妹相称吧。"

什么，你比我大二十多岁还要当我哥？你这老男人也太没有自知之明了，我随口夸你年轻，你还真把自己当少年郎了。我虽然心里这样想，嘴上可没敢说。我哪敢再顶撞他呀，他大权在握，惹他生气了又把我罚到松州去咋办？没办法，看来只好答应他了。

我向韦皋一拱手，说道："兄长，请受小妹一拜。"

韦皋还蛮认真的，摆上香案，与我行了八拜之礼。

结拜之后，韦皋对我说："我想带你一起走，你和我一起去长安吧，没有你这个妹妹在身边，我会很寂寞的。"

我摇头说道："从松州回来以后，妹妹我感到身体虚弱尚未恢复。你就让我留在成都养养身体吧。你去长安之后寂寞时可以想想我，小妹我会在心里默默为你祝福。"

韦皋还算通情达理，见我不愿跟他走，也就不再勉强了。

不久，朝廷里出了大事，唐德宗驾崩了。太子李诵继位，是为唐顺宗。唐顺宗懦弱无能，又患有风疾，不能说话，因此任用了太子宫的老臣王叔文为宰相，把朝廷一切大小事务都推给王叔文处理，自己则不理朝政，乐得清闲。王叔文总揽朝纲，联合王伾等革新派官员推出了一系列新政，如禁止向皇帝私送进奉，抑制宦官和藩镇的势力等。但由于他的新政措施触碰了朝廷内外一些权贵的利益，因此遭到许多宦官和大官僚的反对，韦皋也站在了反对者一边。王叔文对韦皋很不满，但韦皋身为封疆大吏，手握重兵，王叔文又拿他没办法。

唐德宗在世时，曾拟授予韦皋剑南节度使之职，让韦皋兼领三川，但还没来得及实授，他便身染重病，不久就驾崩了。唐德宗去世后，韦皋向王叔文提出，自己要当兼领三川的剑南节度使。由于韦皋反对王叔文新政，王叔文很不高兴，所以拒绝了韦皋的要求。韦皋心里怨恨王叔文，于是，他联合朝廷中的党羽以及各藩镇的割据势力，以唐顺宗体弱多病为名，逼迫唐顺宗退了位，并亲手扶植唐顺宗之子李纯继位，是为唐宪宗。

唐宪宗是依赖韦皋的支持登基的，他知道王叔文是韦皋的对头，为了回报和讨好韦皋，唐宪宗下旨把王叔文除掉了，又把支持王叔文新政的官员，包括王伾、柳宗元、刘禹锡等人全部都罢免了官职，贬为边远八州司马，史称"二王八司马"。新政推行了一百余天，最终失败，史称"永贞革新"。

唐宪宗还准备满足韦皋的愿望，加封他为剑南节度使，让他兼领三川。

韦皋得到这个消息后，欣喜若狂，"哈哈哈"大笑三声，竟然笑死了。这位曾经叱咤风云的大将军就这样没了。看来人的情绪不能太激动，大喜大悲都不好，很容易引发心脑血管疾病造成猝死。所以，人们平素需要加强自身修养，时刻保持心平气和的状态，这样才能有利于健康长寿。

韦皋死后，他手下的旧将刘辟掌握了西川的兵权。刘辟上表奏请朝廷，他要接替韦皋的原有职位，要求朝廷任命他为西川节度使，唐宪宗没有准奏，并下诏让他入朝另封官职，同时任命袁滋为新任西川节度使入蜀赴任。

刘辟抗旨不遵，拒受诏命。并派兵把守剑门关，抗拒袁滋的人马入蜀。

袁滋之兄袁锋原是韦皋的下属，此时尚在成都。刘辟拘押了袁锋作为人质，以此要挟袁滋。新任西川节度使袁滋来到剑门关外，当他得知自己的哥哥被刘辟扣为人质，又见刘辟的军队兵强马壮，心里有些害怕，不敢贸然进兵，于是，袁滋的人马在剑门关外停滞不前。

唐宪宗对袁滋非常不满，把他撤了职，这个新任西川节度使还未进入西川就丢掉了官帽。

唐宪宗刚刚继位不久，自己的羽翼尚未丰满，害怕用兵，只求平安无事。不得已被迫授予刘辟西川节度使一职。

刘辟野心太大，当了西川节度使之后仍不满足。他也像韦皋一样，继续上表朝廷，要求兼领三川，做剑南节度使。

刘辟狂傲地对手下说："昔日韦皋曾想兼领三川，但壮志未酬身先死。而今我雄霸一方，兵强马壮，誓必要做剑南节度使。朝廷若不准奏，我便起兵造反，打进长安去，推翻这个鸟朝廷。"

"刘将军乃当世之英豪，无敌于天下，三川唾手可得，便是打进长安也非难事。"刘辟的心腹钱泰随声附和。韦皋死后，钱泰为了巴结刘辟，把自己的妹妹钱菲献给刘辟做了小妾。钱泰因此成了刘辟手下的红人。

刘辟与钱泰都是我十分鄙视的小人。以前我曾把刘辟那厮叫做刘屁，在酒席宴上骂得他狗血喷头。另外，我也曾骂过钱泰的妹妹钱菲，因此刘辟和钱泰都非常恨我。但韦皋活着时，他们俩谁都不敢把我怎么样，现在韦皋不在了，我失去了靠山，他们迟早要报复我。我心里十分害怕，这些日子总是感到惴惴不安。

## 三十五　色狼刺客

　　一个夜黑风高的晚上，丫鬟春红服侍我刚要上床就寝，忽听门外"咚咚咚"响起一阵急促的敲门声。
　　有个野狼似的嗓音在门外大喊："开门，快开门。"
　　我和春红吓得缩成一团，谁都不敢去开门。
　　外面的人等得不耐烦了，开始撞门。很快门就被撞开了，闯进来两个刺客，手里都拿着明晃晃的刀。
　　这两个人，一个是满脸横肉的胖子，一个是獐头鼠目的瘦子。
　　胖子看了看我和春红，凶狠地问道："谁是薛涛？"
　　我们俩谁都没敢吭声。
　　胖子又说："再不说话我就把你们俩全杀了，叫你们谁都活不了。"
　　说完，他持刀一步步向我们走了过来，眼里闪着凶光。
　　春红吓得哇哇大叫。
　　我稳了稳心神，说道："我是薛涛。"
　　胖子冷笑一声："呵呵，你这小妞儿还真有点儿胆量，那我就先杀了你，你做了鬼之后不要怨我，我是奉命来杀你的。"
　　我心里想，他们一定是刘辟和钱泰派来的人。
　　"你奉了谁的命？"我问。
　　"你死到临头了，还问那么多干啥？"胖子朝我举起了刀。
　　"大哥，且慢。"瘦子喊了一声。
　　胖子的刀举在半空，问道："你要怎样？"
　　瘦子淫笑着说："你看这妞儿长得多水灵，一刀杀了怪可惜的，不如咱俩先享受享受，然后再……嘻嘻。"

"哈哈。"胖子看了看我，也笑了，"这妞儿确实长得不赖。"

两人放下手中刀，脱下外衣，一左一右向我逼了过来。

我心里想，今天我不要命了，豁出去和你们拼了。

眼看瘦子逼到近前，我突然飞起一脚踢在他的裆部。这可是我的防身绝招，轻易不用的。

嘿！这一招还真管用，那瘦子惨叫一声，手捂裆部痛苦地蹲了下去。

我又抬脚向胖子裆下踢去，可是这次却不奏效了，胖子岿然不动。也许因为胖子有肥肉保护着他的下体，所以不怕踢。

我刚要再踢他一脚，胖子挥起肥厚的手掌拍向我的脑门。

我的脑袋"嗡"的一声，眼前一黑，就什么都不知道了。

就在此时，胖子身后忽然闪出了一个黑影，胖子还没来得及回头，一柄利剑已经抵住了他的后心……

当我醒来时，我看见床前坐着一位身穿道服，慈眉善目的中年女道姑正在给我喂药。

我朝四周看了看，发现这是一所很幽静的院落。

我问那女道姑："这是什么地方？"

女道姑答道："这里是一所道观，名为清虚观，贫道是本观的住持，道号静怡。"

我又问："我怎么到这里来了？"

静怡答道："是一位黑衣蒙面人把你背到这里来的。他说你是个好人，遭人追杀，险些被害，恳求我们收留你。我们出家人以慈悲为怀，就收留了你。"

我问："那个黑衣人现在在哪里？"

静怡说："他已经走了。临走时说刘辟反叛朝廷，他要去协助官兵铲除此逆贼。"

我想站起身来，没想到刚刚下床，忽然就觉得脑袋一阵晕眩似要摔倒，静怡道长赶紧扶我重新躺下，看来胖子拍我的那一掌真不轻，大概把我拍成脑震荡了。

自此，我就暂时藏在这所道观中养伤，静怡道长把我打扮成一个女道士的模样，以掩人耳目，逃避追杀。

清虚观位于郊野的一座山岭之上，环境幽僻，少有人来。在此修道的全部都是女道士。她们在暮鼓晨钟声中日复一日地重复着单调的生活——静坐、参修、吃饭、睡觉。

这里给我的第一感觉是：好宁静啊！没有尘世的喧嚣，没有杂乱的纷扰。只有啾啾的鸟鸣和潺潺的小溪流水声，仿佛与世隔绝一般。夕阳斜照在院内的千年古树上，几片凋黄落叶打着旋儿轻轻飘落下来，落地无声，有一种肃穆岑寂之美。

我坐在室内，用手支着头望向窗外，凝神静思。

门"吱呀"一响，静怡道长推门走了进来。

"姑娘今日觉得身体怎么样？头还晕吗？"静怡道长关心地问我。

我答道："我近日身体好多了，头也不晕了。多谢静怡道长连日来的照顾。"

"不必谢我，姑娘身体无恙就好。"

我问静怡："观中姐妹长年累月在这里清修，整日静坐，不说不笑，不觉得寂寞吗？"

静怡说："修行本身就需要寂寞，不寂寞就难以静下心来，不静心便无法潜心修道。只有耐得住寂寞的人才能真正悟道。"

我说道："我一下子从外面来到这里，一时之间，还有点儿不大适应，感觉这里很冷清，心里很空虚，很无聊。"

静怡说："没关系，你不是出家人，不会在这里待很久，再过一些日子，等到外面太平了，姑娘就可以回去了。"

我问："难道你们待在这里就不感到无聊吗？"

静怡答道："刚来时也会有一点无聊，但当我们修炼到一定程度，内心充盈了，便不会感到无聊了，相反，还会感到愉悦和快乐。这是一种清静的快乐，一种纯净的快乐。"

停了一会儿，静怡又说："在世俗人眼里，我们这些出家人整日面对几尊泥像，在青灯下苦修，似乎很清苦，其实这不是清苦而是清福。但世人只知道享鸿福，却不懂得什么是清福。"

我问静怡："究竟什么才是福？"

静怡答道："世人多以富贵为福，追逐财富，身为物役，心难安宁。出家人以清净为福，清心寡欲，物我两忘，身心两自在。"

我又问:"你们出家人真能做到物我两忘吗?"

静怡答道:"只有极少数修为很高的人才能真正做到物我两忘,修为尚浅的人是做不到的。人的物欲与生俱来,修行不够很难消除物欲。我们修行的过程,其实就是逐渐克制物欲、减少物欲的过程,减少一分便超脱一分,超脱一分便清净一分。"

静怡的话引起了我的沉思。我忽然想起,我曾经读过一本名为《断舍离》的书,书的内容是劝人断除和舍弃不需要的东西,离开对物质的迷恋。原来道家在千年以前就已经有了这样的思想,早就倡导不为外物所累,过简单清净的生活。

此前的日子,我整日迎来送往,忙忙碌碌。却不知道为谁辛苦为谁忙?静怡道长弃都市之繁华,取山中之烟霞,在寂静的时光里回归内心的清静。从她的一席话里,我分明感觉到,她已在寂静之中得到了心灵的净化。从今往后,我也不再瞎忙了,只愿平静安宁地生活,细细感知岁月静好。

炉上煮的茶水烧开了,嘶嘶作响。我走过去提起茶壶,给我和静怡各自冲了一杯茶。看着茶杯口袅袅升起的水雾,闻着那淡淡的茶香,我的心也慢慢变得清静了。

细想今日暂别世间的喧闹,躲到此处静心养伤,烹茶煮水,与道长清谈论道,不能不说是一种夙缘。我若不是穿越到唐朝变为薛涛,就不会沦落青楼;若不是青楼伴宴,就不会遇上韦皋;若不是韦皋罚我去松州,就不会有黑衣人救我脱险;若不是黑衣人把我背到道观,就不会坐在这儿与静怡喝茶闲聊。佛家讲因缘因果,道家讲八卦命理。看来这其中确实有许多玄妙。静怡道长今天给我讲的一些道理,虽然我还不能完全参悟,但也许我与道家有缘,如若以后在外面感到不如意,干脆我也出家做道姑算了。

曼舞风尘

## 三十六　平定叛乱

　　刘辟奏请兼领三川的奏折送到朝廷后，宪宗召集文武群臣商议此事。朝臣大都认为蜀地易守难攻，不宜发兵征讨，主张把三川给刘辟算了。唯有宰相杜黄裳力排众议，表示反对说："刘辟要三川便给他三川，他若要长安呢？也给他吗？此贼野心太大，不可纵容姑息。"

　　宪宗听了宰相的话，驳回了刘辟的奏折，没有给他三川。

　　消息传到成都后，刘辟大怒，立刻起兵造反，亲率蜀军攻打东川。刘辟是员猛将，他很快便攻占了东川首府梓州，生擒东川节度使李康。威震川蜀，不可一世。刘辟以刘备自居，欲以川蜀为根据地，然后兵进中原，与李唐王朝争天下。

　　宪宗又召集群臣进殿，商议如何平定刘辟叛乱。宰相杜黄裳向宪宗举荐一员大将，名为高崇文。杜黄裳说此将有勇有谋，可擒反贼刘辟。

　　宪宗从之，立刻让高崇文挂帅，统兵罚蜀。

　　高崇文接旨后，不敢耽搁，马上起兵。三日后兵出斜谷，一战夺取剑门关。然后又攻占鹿头山，八战皆捷，一路势如破竹，兵锋直指成都。刘辟亲率重兵在城外摆开阵势，与高崇文决战。两军交锋后，刘辟连胜高崇文手下几员副将，最后高崇文亲自出马迎战刘辟。两个人都是勇将，刀枪并举，在阵前大战了五十多个回合不分胜败。二将相斗正酣之际，忽然阵前跃出一个黑衣人，手持宝剑，一掠而过，刘辟的马脚被利剑斩断了，马失前蹄，把刘辟掀到马下。高崇文生擒了刘辟，命手下军兵将刘辟绳捆索绑，押入木笼囚车。叛军溃败。

高崇文收复成都，出榜安民，军兵秋毫无犯，大得民心。宪宗加封高崇文为新任西川节度使，镇守西川。

不日，刘辟在市曹被问斩。高崇文彻底平定了刘辟叛乱，蜀境安宁，百姓安居乐业。

钱泰见高崇文做了新任西川节度使，又来向高崇文献媚，欲把妹妹钱菲献给高崇文为妾。这个无耻小人，真是恬不知耻。

高崇文是个清官，对钱泰说："我奉旨讨贼，行得正坐得端，而你追随反贼刘辟，助纣为虐，有从贼之罪。今日你向我献美人乃居心不良，我断不能接受。"

钱泰见高崇文不肯接纳美人，心中不安，疑心高崇文会追究他的从贼之罪，于是带着妹妹钱菲连夜逃跑了。

一日，高崇文摆宴待客。酒宴上，高崇文对原韦皋府里的家将韦乾度说："我在长安时，曾听说成都有个名妓薛涛会作诗，颇得韦皋喜爱，此人现在何处？"

韦乾度答道："薛涛曾骂过刘辟，韦皋死后，听说刘辟命令钱泰去杀薛涛，大概薛涛已经被钱泰派人杀了。"

"可惜！"高崇文低声叹息。

韦乾度又说："薛涛被杀只是我的猜测，尚未得到证实。"

高崇文说道："既然是钱泰派人去杀的薛涛，可以把钱泰找来问一问。钱泰何在？"

手下回报："钱泰已经携家眷潜逃了。"

高崇文怒道："这个贼人，我若抓住他，非杀了他不可。"

高崇文平定了刘辟叛乱，我也不必再担心有人追杀了。我对高崇文十分敬佩，于是写了一首诗，托人送到高崇文手里。

接到这首诗文之后，高崇文展目观看，诗的题目是《贼平后上高相公》，诗中写到：

惊看天地白荒荒，瞥见青山旧夕阳。
始信大威能照映，由来日月借生光。

诗后署名薛涛。高崇文知道我还活着喜出望外，他从送信人口中得知我的住处，立即派人找到我，并在帅府里召见了我。

见到我之后，高崇文温和地对我说："刘辟作乱，传说你已被害，不料今日还能见到你，并且读到你的诗文，幸也！"

我说："将军诛杀刘辟，平定叛乱，我才得以保全性命，今日得见将军是我之幸也。"

高崇文说："我听闻你是当今才女，赋诗作对信手拈来，谁也难不倒你，果真如此吗？"

我说："别的本事我没有，要说赋诗作对，我确实比较拿手。"

高崇文说："既然如此，那我就考考你，我出一个上句，你给我对出一个下句，如何？"

我说："好的，让我试试吧。"

高崇文说："我是个武夫，不会作诗，我们就对对子吧。"

我说："将军请出上句。"

高崇文开口说出上句："口，有似没量斗。"

我马上接口对出下句："川，有似三条椽。"

高崇文笑问："你的椽，为什么有一条是弯的？"

我笑答："将军你贵为西川节度使，尚且用一个没量的斗，我乃一介平民，三条椽仅左边一条是弯的，何足为奇？"

高崇文哈哈大笑："薛校书不愧是当今才女，果真名不虚传！"

我谦逊道："将军过奖，实不敢当。"

高崇文说："我虽是武将，却很崇敬文人，所以我的名字叫崇文。别看我今日横枪跃马擒拿了刘辟，战功卓著，百姓拥戴，但是我的功名比不了你的诗名。以后知道我高崇文的人不会很多，而你薛涛早已诗名远播，知道你的人一定非常多。"

我说："将军功勋赫赫，威名远扬，我怎敢与将军相比。"

高崇文非常谦逊，毫无节度使的官架子，也不夸耀自己。他又说道："我本是幽州一卒，一介武夫而已，文才远不及韦皋。像韦皋那样文武双全之人尚且叹服你的诗文，我更该崇敬于你。"

"将军抬爱了。"我连忙低头向高崇文施礼。

高崇文说："薛校书不必多礼。你受刘辟迫害，我决定抄收刘辟家产，从中拨银两万两，用于修缮你的居所，助你安居。以后你不必再到将军府来陪宴了，就在家中安然度日吧。"

真没想到高崇文对我这么好，我兴奋激动之情，无以名状。

高崇文果不食言，拨银两万，将我原来居住的浣花溪别墅修葺一新，让我迁回那里居住。他还特意在园中为我建造了一座吟诗楼。自此后，我便住在浣花溪，吟诗抚琴，种竹栽花，深居简出，过着闲逸的隐居式生活。虽然未能脱离红尘，依旧回到了俗世，但我喜欢身穿道服，把自己打扮成一个女道士的样子，似乎这样可以让自己的内心清静一些。

　　我的园中种有一丛修竹，初春时节，细雨轻打竹叶，发出飒飒之声，令我感到神清气爽。我爱竹，竹是高风亮节的象征。依依君子德，无处不相宜，园有竹则清雅，屋傍竹则秀逸。竹生长在哪里，便会给哪里染上脱俗的情趣。我凭窗而立，凝望翠竹，忽然有感而发，作出一首咏竹诗：

　　　　　　南天春雨时，那堪雪霜枝。
　　　　　　众类亦云茂，虚心宁自持。
　　　　　　夕留晋贤醉，早伴舜妃悲。
　　　　　　晚岁君能赏，苍苍劲节奇。

曼舞风尘

## 三十七 惊鸿一瞥

  光阴如白驹过隙，转眼之间，我已从一个豆蔻年华的少女变为一个风韵迷人的熟女。我曾经幻想，英俊的白马王子能突然出现在我的面前，与我永结同心。但总是不如人愿，时至今日我仍是孑然一身，佳期遥不可及。有感于此，我吟唱出两首小诗：

    风花日将老，佳期犹渺渺。
    不结同心人，空结同心草。

    揽草结同心，将以遗知音。
    春愁正断绝，春鸟复哀吟。

  我正在浅吟低唱，春红进来递给我一封信。我接过信，展开一看，见信中写道：

洪度如鉴：
  今有河南元稹，闻你诗名，读你华章，钦佩非常。
  朝廷新授元稹为监察御史，他专意求使东川公办，顺便与你一见。现元稹已到梓州，正翘首以待，以诗会友。但他知你自恃才华，心高气傲，未必肯见他，所以未敢轻率登门造访。本人是元稹多年好友，今有意为你们引荐。望你亲赴梓州与之相会。
  元稹其人，风姿秀雅，乃当世之大才子也。才子当配佳人，你与他才貌冠于当今，天生绝配。切莫错过千载良缘！
                白乐天拜上

原来这封信是白居易写来的。他怜我形单影孤,要为我介绍对象呢。我和小白曾有一面之交,他又与元稹交情甚厚,是元稹的同年好友。他有意为我和元稹牵线搭桥,让我前往梓州与元稹相见。我是见还是不见呢?

我对元稹闻名已久,曾读过他的诗文,看过他的传记。元稹字微之,河南人。少年时与白居易同登金榜。那一届榜上有名者共十七人,元稹考中了头名状元。他才华过人,擅长作诗,与白居易齐名。他的诗和白居易的诗并称"元白体"。

自古才子多风流。元稹生性风流倜傥,用情不专。曾与多名女子相好,并且经常出入青楼妓馆。我虽然钦佩元稹的才华,却不喜欢他风流好色的习性。看完信,我把信扔在地上,说道:"元稹这厮,朝三暮四,不是好男人,我不见他。"

我虽然嘴上说不见他,心里却有点想见。元稹号称大唐第一风流才子,他到底长啥模样呢?我穿越到大唐一回,如果连这样顶尖的俊雅人物都没见到,岂不遗憾?想到这里,我捡起地上的信又看了一遍。

看完信之后,我哼了一声:"哼!要我去梓州,元稹好大的架子呀。应该是他来成都见我才对。男人应该主动,哪有让女人主动去找男人的?"

过了几天,不见任何动静。元稹待在梓州不肯来成都,而我却有点沉不住气了,心想,元稹奉旨赴梓州,大概公务缠身无暇来成都。我是个闲人,闲来无事,不妨屈尊去趟梓州会会他吧。

次日,我命丫鬟春红雇了一辆马车,乘车赶赴梓州。

此时正值早春二月,微风和煦,春色融融。一路行来,但见春花绽放,柳丝飞扬,满眼尽是嫩绿鹅黄。望着道路上漫天乱舞的飞絮,想到自己如飘絮般的身世,我信口吟出一首咏絮诗:

　　　　二月杨花轻复微,春风摇荡惹人衣。
　　　　他家本是无情物,一任南飞又北飞。

行至梓州境内,我和春红下了马车,把车资付给车夫。然后开始步行,且行且打听元稹的住处。

初春的天气说变脸就变脸,刚才还是艳阳高悬,转眼就阴云密布,下起霏霏细雨。我和春红急急往前走,想寻个避雨之处。

走到一座石桥上,见桥那边迎面走来一位俊俏书生,头戴文生公子巾,身穿一袭胜雪白袍,手里撑着一把精致的宝蓝色油纸伞,容貌秀美,风度翩翩,气质非凡。在与他擦肩而过的那一刻,我不由自主地转了一下头,惊鸿一瞥间,蓦然发现,他也正在回眸看我,并且朝我展颜一笑。

我忽然觉得他有些面熟,有一种似曾相识的感觉,好像在哪里见过他。一首邓丽君的歌飘然萦绕耳畔:

> 在哪里 在哪里见过你
> 你的笑容这样熟悉
> 我一时想不起
> 啊 在梦里

这场偶遇真美!如春风拂过笑靥,若春雨滋润心田。

佛说:前世五百次回眸,才换得今日擦肩而过。看来我与他前世曾有缘,却不知此番相遇会不会又是失之交臂?

早春的烟雨,古老的石桥,俊俏的书生,如花的红颜。此情此景,让我想起了西湖断桥上白娘子与许仙那场惊艳相遇。想那白娘子原是山中修炼千年的蛇妖,每日里观花,品茗,对弈,弹琴,听松风,赏明月,何等逍遥自在?若不是遇到许仙,她会最终修炼成仙,过她的神仙日子,何至于被法海永镇雷峰塔下,再无出头之日。可是,若不遇见许仙,她又怎能通七情,晓六欲,蜕变为一个真正的女人,品尝到爱情的甜蜜。这千年等一回的爱恋究竟值不值得?有诗云:

> 烟雨杏花好春光,西湖桥畔遇仙郎。
> 绿窗缱绻欢娱短,红帐缠绵夜梦长。
> 多事老僧有法海,无辜妖媚是白娘。
> 千年修炼毁一旦,万古离别空感伤。

我回头问身后的丫鬟春红："你说白娘子遇上许仙究竟是缘还是劫？"问得春红满脸迷茫，不知如何回答。

这时，那俊俏书生又走了回来。开口道："两位姑娘请慢走。"

"你有什么事？"我问他。

"下雨了，我看两位姑娘没带伞，恐淋湿了衣衫，我这里有一把伞，你们拿去权且遮雨吧。"

呵呵，他这搭讪的台词竟然像许仙一样。

我说道："公子把伞借给我们，你自己岂不要淋雨了？"

"没关系，我的住处就在附近，马上就到了。"

说罢，他把伞递给我。我接伞在手，举过头顶。好在这小雨细如牛毛，没有伞，他的衣裳也不会被淋透，只是濡湿了一点点而已。

"姑娘这是要去哪里？"他问。

"我们来梓州，是要会见一个人，却还没找到他的住处。"

"请问姑娘，你要找的人是谁？"

"我要找的人是从京城来的监察御史元稹。"

他听了我的话，开口笑道："此人远在天边，近在眼前。"

怎么会这么巧？原来他就是元稹。

他又问道："请问姑娘大名。"

我答："我叫薛涛。"

元稹脸上露出惊喜之色。

## 三十八 灵魂出窍

到了元稹的住处，元稹让丫鬟春红在外院的客厅等候，然后他带我步入内院。院内修竹扶疏，花径曲折，十分幽静。

元稹开口道："我与你同做过校书郎，可谓同僚也。"

我答道："我这个女校书只不过是一个虚名而已，不敢与你元才子相比。"

元稹说："薛校书不必过谦，我对你的诗名闻名已久。"

我微微一笑道："彼此闻名久，相逢在梓州。"

他马上接口道："以诗来会友，笔墨互交流。"

元稹真不愧是个才子，果然才思敏捷，出口成韵。

说话间，他已带我进入内院书房，只见屋中有一书桌，桌上摆放着文房四宝。元稹来到书桌前，研了研墨，开口道：

南窗竹影映书轩，相会薛涛今有缘。
乞赠新诗留墨瀚，与君同赏共陶然。

我明白他这是有意考较我的诗才和书法，心里暗笑，作诗题字于我只是雕虫小技，有何难哉。随即吟道：

文房四宝摆桌前，端砚方研墨未干。
挽袖挥毫悬玉腕，清新诗韵雅如兰。

吟毕，我走到桌前，轻挽罗袖，蘸墨润笔，一挥而就，写出一阕《四友赞》：

磨润色先生之腹，濡藏锋都尉之头。
　　引书媒而黯黯，入文亩以休休。

　　写罢丢笔，笑道："请元才子指教。"
　　元稹展目观看，但见字体飘逸，凤舞龙飞。不禁赞叹道："天下美艳女子甚多，然貌美而又如此多才者，只有薛涛一人矣！"
　　这家伙还挺会拍马屁的。嘴甜的男人勾引女人往往更容易得手，因为女人都爱听好听的话，常常会被甜言蜜语所打动，对恭维自己的男人产生好感。
　　我今天穿了一袭红色长裙，外披一条彩帔，领口略低，露出一抹酥胸。唐代社会风气开放，女装款式大胆而又性感，看上去挺养眼的。
　　元稹看着我，目光好似不经意间扫过我的胸前，他的眼神已不像开始那样平静，逐渐带了一些欲望，还有一丝浪荡。
　　他看得我浑身不自在，我低下头，表情有些羞涩。
　　元稹突然向我伸出手来，用双手捧住我的脸，把火热的嘴唇吻在我的朱唇上。他的唇犹如一团火苗，瞬间就点燃了我体内的欲火。我的身子微微轻颤，一种奇异的感觉从头流窜到脚。
　　我颤声道："别碰我，别碰我，我受不了……"
　　他不但不听，反而更加放肆，伸手解开我的裙带，褪下我的小衣，抚摸刺激我的敏感之处，弄得我浑身酥痒，娇喘吁吁。
　　原来我也是个花痴，见了美男就控制不住情欲了。唉，这也不能怪我，他一定是个调情老手，这亲昵惹火的动作，哪个女人能抵挡得住？我的身体起了反应也是很正常的。
　　我忽然想到，不行，不能让他得手，我的身子不能给他，因为他是个风流浪子，到处眠花宿柳，而且总是喜新厌旧。在他眼里女人只是玩物，玩过就抛弃。今天如果让他得到我，过不了多久他也会因为失去新鲜感而抛弃我，再去寻找新的猎物。我曾经读过元稹的生平传记，知道他不久后便会离开梓州回长安，从此一去不返，不再和我见面。后来他又和越州红歌妓刘采春打得火热，早把我薛涛忘在了脑后。

我想推开他，然而却使不出一丝力气。此时我的身体已经不受意识支配了，我觉得自己仿佛脱离躯壳，变得很轻，忽忽悠悠向上飘了起来，一直飘到屋顶。俯看下面，薛涛已经和元稹相拥在一起，只见她面色潮红，两只手臂抱住元稹，正在热烈回吻他。我想阻止她，不让他们这般亲热，可我却无能为力。尽管我的意识仍在抵触，无奈身体已接受了元稹，两个赤条条的身体纠缠滚抱在一起，顷刻之间云浓雨骤，蝶舞蜂狂，探花吻蕊，窃玉偷香，好似上演了一场激情大戏。

　　我一时之间搞不明白，自己为何忽然跳出薛涛的身体，变成了一个局外的旁观者？那么，此刻的我不是薛涛又会是谁呢？我想用手摸一摸自己的身体，可是却找不到手了。我的手没了，不但手没了，甚至连身体都没了，啥都没有了。我变得无形无质，犹如一团空气。

　　一对男女脱去唐装，赤裸之身已分不清是古人还是今人。此时此刻，薛涛仿佛变成陶雪，而元稹的模样竟然极似21世纪的我。我这才恍然大悟，怪不得我第一眼就看他面熟，原来元稹就是前世的我，而薛涛则是前世的陶雪。在穿越之前，我的名字叫张生，这也正是元稹在《莺莺传》里曾经使用过的名字。由于元稹在前世曾经始乱终弃，负心于薛涛，因此到了21世纪，作为元稹转世的我，无论怎样想追求陶雪，却始终未能如愿，只能遗憾终身。可见因果循环，报应不爽。

　　我忽然意识到，我此时是一个灵魂。原来穿越到唐朝的不是我的肉体，而是灵魂。据说灵魂不灭，死后灵魂能投胎转世。以前我曾经对此持怀疑态度。孔子曰："未知生，焉知死？"活着时许多事情尚且没弄明白，死后的事情就更无从得知了，活人有谁见过死后的灵魂？但现在我相信了灵魂的存在，人的灵魂不仅可以转生后世，而且还能穿越到前朝。眼下，我的灵魂就穿越到唐朝体验生活来了。然而历史是既定事实，曾经发生过的事已经无法改变。在历史上，薛涛与元稹确实发生过关系，所以尽管我的灵魂穿越到唐朝附体于薛涛，尽管我不愿让薛涛和元稹亲热，但却无法改变以往的历史事实，无法阻止二人交欢，只能跳出薛涛的身体，飘浮在半空中看着。

想这薛涛，虽是风尘女子，却属于那种只卖艺不卖身的高级诗妓。周旋于蜂蝶之中始终洁身自好。没想到这次却不同了，和元稹初次见面就把自己毫无保留地献给了他。没办法，一对顶尖的俊男美女遇到了一起，难免天雷勾起地火，爱得热烈痴迷。也许她命里注定与元稹有这么一段孽缘吧。

忽然，屋顶上传来一丝轻微的响动，下面的两个人云雨正浓谁都没察觉。我却发现房梁上藏着一个黑衣人，他从怀里摸出一只金镖，抬手正要打下去，又停住了手，犹豫了一会儿，他慢慢把金镖放回怀里，然后一闪身便不见了。

我吃了一惊，往下一沉，一缕幽魂又附回薛涛体内。

## 三十九　怒斥贪官

　　元稹来到梓州担任东川监察御史，奉旨查办东川节度使严砺贪污腐败一案，任务是负责调查收集严砺的罪证，写出参劾奏疏上报朝廷。但由于严砺十分狡猾，而且他在朝中有权臣做靠山，因此元稹的工作遇到许多干扰，进展得很不顺利。元稹时常为此忧心。我本不想掺和此案，没想到无意之中却被卷了进来。
　　一日，我正在梓州街上闲逛，忽听背后有人喊我。回头一看，见身后有一乘华丽小轿，轿帘已掀开，有一美妇正在向我招手。
　　我抬眼细看，认出了她："啊呀，原来是朱霞姐，你怎么也在梓州？"
　　这个朱霞曾与我同堕风尘，也曾是天香楼的乐妓。自从我离开天香楼之后就和她断了联系，没想到时隔这么多年，竟会在这里与她邂逅。
　　朱霞下了轿，亲热地拉住我的手和我攀谈起来。她告诉我：几年前她遇到一位有钱的恩客，将她赎出青楼，并且纳她为妾。她便随夫来到了梓州。
　　朱霞对我说："你我姐妹多年不见了，我想请你来我家共饮几杯，叙叙旧，怎么样？"
　　我找不出理由推辞，于是便答应了她。
　　走不多远，朱霞带我进入了一所豪华的大宅院。院中的建筑雕梁画栋，富丽堂皇，显得很阔气。
　　我对朱霞说："看来你的夫君一定是个大财主。"
　　朱霞说："我家相公很有钱，这是他专门为我买的宅院，像这样的宅院他还有好多处呢。"

## 怒斥贪官

我说："夫君家底如此殷实，你今生有靠了。"

朱霞得意地说："你大概还不知道吧，我家相公是这里最大的官，他的官职是东川节度使。"

我吃了一惊，啊！原来他老公就是东川节度使严砺。

朱霞在餐厅里摆下一桌酒席，然后对丫鬟说："去请老爷到这里来。"

不一会儿，丫鬟陪着严砺走了进来。

严砺一进来，就满脸堆笑地对我说："薛校书久违了，可否还认得我？"

我看了看他，有些面熟，却一时想不起来在哪儿见过他。

我轻轻摇了摇头。

"你可真是贵人多忘事，想当年，你我还曾经有过一段交往呢。"严砺张嘴说话时，我发现他嘴里少了两颗门牙。

我想起来了，原来他就是当年为了追求我敲掉两颗门牙的那个酸秀才。那时他还只是个小官吏，励志要当节度使，想不到如今竟然真的爬到了如此高位，当上了东川节度使。瞧他现在的这副德行，一副小人得志的样子，看着就让人讨厌。

我讥笑道："你没了门牙，吃饭会不会受影响啊？"

严砺强笑着说："还好，还好。"

朱霞先请我就座，然后他们两个也入了席。酒桌上摆满名酒珍馐。严砺一边吃喝，一边不断向我劝酒。他的假殷勤让我感到很厌烦，冲着朱霞的面子，我才勉强喝了几口酒。

严砺喝得酒酣耳热，没看出我脸色不好，举杯说道："久闻薛校书能歌善舞，今日在酒席之上，何不献歌一曲，以助酒兴。"

我冷冷答道："我自从脱去乐籍，就不在酒席上为人献歌了。"

严砺不悦道："薛校书为何推却？是不是看不起本官，不给本官面子。"

朱霞在一旁帮腔说："薛涛妹妹，这里没有外人，你就答应我家相公，唱个曲吧。日后自有你的好处。"

我愤然道："我可不是来卖唱的，不打扰了。"说罢起身离座，欲往外走。

严砺一把拉住我的袖口,另一只手端起酒杯,说道:"薛校书既然不肯赏脸唱曲,那就请再喝一杯酒,为何便要走?"

我拂袖一挥,他手中酒杯"砰"的一声掉在地上摔碎了。溅出的酒水打湿了他的袍服。

严砺怒道:"你这贱人,好不识抬举。"

朱霞慌忙劝道:"相公息怒,薛涛妹妹是元御史的朋友,千万不可得罪。"

严砺压住火气,歉声说道:"方才是本官酒后失礼,薛校书莫怪。你不肯唱曲,那就罢了。先别急着走,我还有话要说。"

"有屁快放。"我对他毫不客气。

严砺憋着一肚子气,低声说道:"我知道元御史正在梓州调查取证,意欲参劾本官。你与元御史相好,还望你能在他面前替我美言几句,让他高抬贵手,放过本官,我自会重重谢你。"

说罢,他让朱霞捧出了一个匣子,打开盖子给我看,那里面装满了黄金。

我手指严砺,怒斥道:"你这个狗贪官,搜刮民脂民膏,干尽坏事。想用黄金来收买我,让我在元稹面前替你求情,休想!你就等着进监狱吧。"说完,我转身又要走。

严砺勃然大怒,伸手拦住我,口中骂道:"好你个薛涛,我看你是活腻了。当初你戏耍我,让我敲掉了两颗牙。那时候因为有韦皋给你撑腰,我不敢把你怎么样。现在韦皋已死,没人能保护你了。如今你落在了我手里,嘿嘿,你还想走吗?"

"如今你又敢把我怎么样?"我一抬手,掀翻了酒桌,杯盘哐当,打碎一地。

严砺气得满脸通红,扬手欲打,手举到半空又停住了。嘿嘿淫笑着说:"我本想打你一顿,可是看着你这俊俏模样,又有点不忍下手了。当初我是癞蛤蟆想吃天鹅肉。今天我倒要尝尝天鹅肉究竟是啥滋味。"

严砺伸开双臂,向我扑了过来。

我急忙对朱霞喊:"你家相公对我无礼,你难道坐视不管吗?"

朱霞坏笑着说:"你我本是烟花女子,这种事见得多了,还有啥想不开的?既然我家相公喜欢你,你就从了他呗。"

这时严砺已经抱住了我，欲撕开我的衣裙。一旁的朱霞也来帮他按住我的手脚。

我一边挣扎，一边大喊："救命！"

严砺阴冷地说："在我家里，你喊破了喉咙也没用，没有人能来救你。"

我焦急万分，正不知如何是好，忽然，严砺在我面前软软地瘫倒下去，一个黑衣人立在他的身后。原来严砺已被黑衣人点中了身后的穴道。黑衣人还顺手点了朱霞的穴，这一对狗男女全都倒在地上，不能动弹了。

又是黑衣人救了我，这一次我不能再让他走了。一定要弄清楚他是谁。

我一把拉住黑衣人的手臂，对他说："恩公几次救我，我心里感激不尽，却不知恩公为何要救我？"

黑衣人说："这里不是讲话之处，你随我来。"

我站着没动。黑衣人不由分说，抱起我，蹿房越脊，逃出了这所宅院。一直跑到一个荒僻的小破庙里，才把我放下。

我抬眼看了看四周，问道："你就住在这里吗？"

"是的。"

"你没有家吗？"

"我四海为家，居无定所。"

我听他说话的声音好耳熟，不由得让我想到了一个人。难道真的是他？

我伸手要去揭掉他脸上蒙的黑巾，他闪身躲开了。

我对他说："虽然我看不到你的脸，但我听出了你的声音，我已经知道你是谁了。"

"我是谁并不重要，现在有一件重要的事情需要你去办。"

"什么事？"

黑衣人从怀中掏出一个包裹递给我，说："请你把这个包裹转交给元稹。"

"这是什么？"

"这是严砺贪污受贿的罪证。"

"你是怎么得到的？"

"这是我夜探严砺府衙盗来的。"

"好的，我一定把它转交给元稹，你放心吧。"

黑衣人说："我还有件事情要办，先走了。"

我说："你别走，我有话对你说。"

"姑娘请讲。"

我对他说："恩公对我恩重如山，我无以回报，如蒙恩公不弃，我愿以身相许，永随左右。"

黑衣人低头不语。

我问："恩公难道不喜欢我吗？"

黑衣人说："我是个逃犯，配不上姑娘。元稹才貌过人，将来前途无量，他和你十分般配。"

我说："那元稹不是我的菜，我……"

话没说完，黑衣人却已不见了踪影。

## 四十 胆小怕事

黑衣人走后,我心里暗自思量,我还没见到他的真容,就毅然决定放弃元稹,选择了他,而且还向他大胆表示愿以身相许,永随左右,这样做究竟对不对?思来想去,我觉得这样做没错。

尽管我不知道他是否真是那个令我永生难忘的人,但至少可以肯定,黑衣人一定是个爱我的人,而且爱得真,爱得深。否则他不会一直不离不弃隐藏在我附近,暗中保护我。每当我遇到危险时,他都会及时出现救我脱险。如果没有他,我活不到今天。他是我的救命恩人,也是我的痴心爱人。要嫁就嫁这样的人。也许他没有元稹长得帅,也没有元稹有才,但他有一颗真诚的心,这就足够了。

反观元稹,他是个风流浪子,这样的人是靠不住的。而且元稹已是有妇之夫,我若选择他,便只能做小三。元稹以为我不知道他已娶妻,其实我早就知道。我读过他写的自传体小说《莺莺传》。这篇小说后来被王实甫改编为剧本《西厢记》广为流传。元稹在小说中化名张生自喻。张生在普救寺结识了美貌佳人莺莺,两人一见钟情。在丫鬟红娘的帮助下,莺莺与张生传递爱慕之情,很快就同衾共枕,双宿双栖于西厢。后来,元稹为了谋官求职而西下长安,抛弃了莺莺,另娶了高官显贵韦夏卿之女韦丛。现在两人已经结婚七年,正好是七年之痒。

元稹的引荐信是白居易写给我的,想那白居易也是个风流好色之徒,物以类聚,白居易为我引荐的人肯定和他是同一类人。元稹与白居易同好女色,两人曾一起玩遍长安的红灯区。元稹还为此赋诗:"密携长上乐,偷宿静坊姬……狂歌繁节乱,醉舞半衫垂。"

我刚回到寓所，春红便进来对我说："元相公前来拜望。"

我说了一声："请"。

元稹一掀门帘，走了进来。

我对元稹说："你来得正好，我正要去找你呢，有人托我把一件东西转交给你。"

"什么东西？"元稹问。

我拿出黑衣人给我的包裹交给元稹，说："这里面是严砺的罪证，你自己打开看吧。"

元稹打开包裹，里面是几册账本，上面详细记载了严砺的财务情况，每笔财务进出都有记录。严砺自任东川节度使以来，横征暴敛，中饱私囊，欺男霸女，无恶不作。侵吞霸占了治下八十八户黎民百姓的田宅财产，强抢民女二十七人做奴婢，贪污受贿高达数十万两白银，弄得东川民怨沸腾。

元稹惊讶地问我："你是怎么得到这些罪证的？"

"是一个黑衣人交给我的。"

元稹说："怪不得梓州府衙的捕快们正在全城搜捕一个黑衣人，我听说严砺府里有重要的东西被盗了，原来被盗的就是这些罪证。"

我说道："既然你已经得到了严砺贪腐的罪证，就应该立刻写一道参劾奏疏上报朝廷，让皇上严惩这个贪官。来，我为你研磨，你现在就写。"

"慢着，你先别急，弹劾一个节度使可不那么简单。虽说有了罪证，但严砺手握兵权，又与朝中的权贵及阉党内外勾结，势大难摧。弄不好，不但扳不倒他，我自己的官帽反倒可能不保。你容我仔细考虑考虑，然后再做定夺如何？"元稹犹豫不决，不敢马上写奏疏。

我心里有气，心想，黑衣人冒着生命危险夜入严府，盗得这些罪证交给你元稹，而你却是前怕狼后怕虎，不肯写奏疏，黑衣人岂不是白费劲了。

我不满地说："你如此胆小怕事，只顾保全自己的官帽，却不顾东川百姓的死活。你还做东川监察御史干什么？趁早回长安算了。"

元稹红着脸说:"我不是不肯写奏疏,我只是不想蛮干,想讲究一些策略。"
　　我说:"好吧,那你就慢慢想你的策略吧。"
　　元稹说道:"严府的人说你勾结黑衣大盗,正要抓你呢。你住在馆驿里不安全,还是随我搬到御史府去住吧。我可以派卫兵保护你。"
　　我说:"不必劳你费心了,你还是多注意自己的安全吧。"
　　元稹见今日与我始终话不投机,只好悻悻而别。

　　几天之后,从严府传出一个令人意想不到的消息:严砺突然暴病身亡了。
　　听到这个消息之后,我一开始还有些不大相信,因为几天前我在他家的酒宴上看到他时,他还好好的,怎么会突然暴病身亡呢?我前前后后仔细想了想,猜出这一定是黑衣人干的。一定是黑衣人夜闯严府刺杀了他。我很钦佩黑衣人,这才是真正的英雄好汉,敢做敢为,敢于出手为民除害,不似那胆小怕事的元稹,连一份弹劾奏疏都不敢写。
　　此时,我真想马上见到黑衣人,给他一个热烈的拥抱,可惜我不知道他此刻在哪里。

曼舞风尘

## 四十一 离别元稹

次日,元稹又来找我。一进门就笑呵呵地对我说:"弹劾奏疏已经写好了,我马上就派人把它送往长安,让皇上下旨,严惩严砺这个大贪官。"

我说:"严砺已经死了,你知不知道?"

元稹说:"我刚刚听说。"

"那你现在才写好奏疏不是马后炮吗?它还有何用?"

"有用啊,可以让朝廷给严砺定个罪名,查抄没收他的家产,将他的贪腐所得全部充公,不能留给他的家属。"元稹说。

我嘲笑道:"你这是痛打落水狗啊。"

"什么落水狗?"元稹不解。

我说:"严砺就好比是条落水狗,而且还是一只死狗,不论你怎么打他,他都不会再张嘴咬你了。你还可以再踏上一只脚,让他永世不得翻身。"

元稹讪笑着说:"你可真会比喻。不管怎么说,严砺死了,我也轻松了许多,可以和你安心享受甜蜜生活了。"

我说:"你在梓州甜蜜着,长安的韦丛是否正伤心着?"

"你怎么知道韦丛?"元稹感到有些意外。

"我不但知道韦丛,我还知道莺莺。你曾在普救寺里与莺莺一见钟情,但后来你却抛弃莺莺,攀附高门,另娶了韦丛。"

元稹惊奇地说:"你咋啥都知道?什么都瞒不过你。"

我说:"你不必隐瞒,我知道你弃莺莺娶韦丛的原因,因为莺莺家里没有显赫的背景,而韦丛出身于达官显贵之家,能帮你向上爬,况且你又是个十分热衷功名的人。"

## 离别元稹

元稹说道:"读书人哪个不热衷功名?谁又不想功成名就光宗耀祖呢?"

我说:"男人追求功名本无可厚非,然而,你既然娶了韦丛就该一心一意对她好,可是,你却又冷落了韦丛,依然常在外面眠花宿柳,风流快活。"

元稹又道:"人不风流枉少年。既然上天给了我如此出众的相貌和才华,我就不能辜负了上天对我的这份恩赐。人们称我为大唐第一风流才子,才过子建,貌赛潘安。就凭我这才貌,女人都会喜欢我,我想不风流都不行。"

"你倒是在外面风流了,可韦丛在家独守空房,孤独寂寞,你难道就一点不顾及她的感受吗?"

"你多虑了,韦丛贤淑大度,从不吃醋。这次我来梓州与你相会,也是经夫人韦丛同意的。你若愿意,我可以纳你为妾,夫人是不会反对的。"

我说:"我曾在道观里学过算卦,昨日我占了一卦,算出你我的缘分只有一个多月,不日,你就将奉旨回长安,你我从此分别再无相见之日。你与韦丛的缘分也快要到尽头了,日后你将另娶刘采春、安仙嫔、裴淑等人。"

元稹用异样的眼神看着我说:"你什么时候变成半仙了?你若真能算得准,帮我算算官运如何?"

我装模作样屈指一算,然后说道:"从卦象上来看,你的官运不错,将来最高可以做到宰相,位极人臣。"

元稹看着我,脸上的表情似信非信。

我说:"我算的卦极准,无论你信与不信,日后自会应验。"

其实,我根本就不会算卦,只因为我是21世纪的人,曾经学过历史,读过唐代人物传记,了解元稹的一生经历。又因为我虽然穿越到了唐朝,所幸尚未失去穿越之前的记忆,因此我才能一语成谶,点破迷局。

不久,朝廷下旨收缴严砺的全部家产充公。严砺已死,不再追究罪责,但严砺手下的七州刺史全被牵连受罚。朝廷还下旨召元稹回长安述职并另有任用。与此同时,还传来一个不幸的消息,元稹的夫人韦丛病逝了。

元稹要回长安了。我去江边为他送行。元稹似乎对我还有些恋恋不舍，握住我的手久久不放。虽然我对元稹并无太深感情，但毕竟曾与他共枕同眠、相好一场，想到此一去便是永诀，我想送他一首诗，遂开口吟诵道：

千古奇缘一笑间，温柔梦碎魂如烟。
兰舟此去情丝断，锦水东流不复还。

元稹写了一首《赠薛涛》的诗，回赠给我：

锦江滑腻峨眉秀，幻出文君与薛涛。
言语巧偷鹦鹉舌，文章分得凤凰毛。
纷纷词客皆停笔，个个公侯欲梦刀。
别后相思隔烟水，菖蒲花发五云高。

回到长安后，元稹怀念亡妻韦丛，写了几首悼念诗，包括《遣悲怀》三首和那首著名的《离思》。"曾经沧海难为水，除却巫山不是云。"诗句悲切感人。但后来当他遇见美艳又善歌的刘采春时，立刻就被迷得神魂颠倒，不顾一切又去追求这个有夫之妇。并且写了一首《赠刘采春》的诗，赞美她的美态：

新妆巧样画双蛾，谩里常州透额罗。
正面偷匀光滑笏，缓行轻踏破纹波。
言辞雅措风流足，举止低回秀媚多。
更有恼人肠断处，选词能唱望夫歌。

我说元稹这厮朝三暮四，真没冤枉他。昨天爱我时，他对我百般温存，今天转身离去便彻底放弃了我。那些悼念亡妻的诗句墨痕犹在，他就又去另寻新欢了。他那颗"博爱"之心爱尽天下美女，却又仿佛从未对一人产生过持久专一的爱。

## 四十二 游船论诗

元稹走后,我本打算离开梓州返回成都,春红对我说,她已多年没回过家了,想回老家夔州看看父母。

春红陪伴我多年,虽然名为主仆,实际上却情同姐妹。现在她想要回家看看,我当然要满足她的要求。

我问春红:"你老家夔州离巫山远不远?"

"不远,而且顺路。"春红答道。

"那好,我与你同行一段路,先到夔州,再去巫山。"

春红高兴地说:"真的吗?那就多谢姑娘了。"

其实我早有畅游巫山,拜访高唐的愿望。以前在和遐叔赛诗时我曾作过《谒高唐庙》一诗,却未曾亲身拜谒过巫山高唐庙。今日春红要回夔州探家省亲,而夔州又离巫山不远,我正好可以顺道去游览巫山,拜谒高唐。

第二天,我和春红一起上路,赶往夔州。到了夔州后,春红回家探望父母。我一个人从夔州登船,打算继续去游巫山。

我登船后刚刚坐稳,一个玉树临风的美少年也登上游船。他见我旁边恰巧有个空座位,便走过来坐在了我的邻座。我侧目扫了一眼,只见他眉如墨染,眸似晶星,面如玉脂,唇若朱红,真是一个绝世美男,简直比女人还漂亮。我以为见了王灏和元稹之后就不会遇见更标致的男子了,没想到人外有人,大唐竟还有这般俊雅人物,这要是在21世纪绝对是超级偶像。想想那些当代的男明星们,似乎没有一个比他颜值更高的。大唐的水土真是太好了,竟然养育出如此丰神如玉的美男!

游船离岸起航了。我一个人孤单无伴,旅途寂寞,正想和身边这位小正太套套磁,聊聊天。他却主动先开口与我搭讪:

"请问这位姐姐,你是夔州本地人吗?"

"不是,我只是途经此地,要去巫山。"我答道。

"那你没在夔州游玩一番吗?"

"没有,夔州有啥好玩的?"

他向我介绍说:"其实夔州也是个名胜之地,古称鱼腹。东汉末年,公孙述割据于此,声称井中有白龙出现,自命白帝,将鱼腹改名为白帝城。三国时期,刘备伐吴,被陆逊用火攻击败,就在白帝城托孤于诸葛亮。"

呵呵,他倒不是绣花枕头,历史知识还蛮渊博的呢!

小正太又说:"杜甫老前辈曾经在夔州住了三年。"

我笑道:"听说杜甫很忙,他怎么有闲工夫来夔州休养,而且一待就是三年?"

"杜甫的确很忙,在夔州也没闲着,一直在搞创作,写了许多脍炙人口的好诗,我最欣赏他那首《登高》。"小正太吟诵道:

风急天高猿啸哀,渚清沙白鸟飞回。
无边落木萧萧下,不尽长江滚滚来。
万里悲秋常作客,百年多病独登台。
艰难苦恨繁霜鬓,潦倒新停浊酒杯。

我微微一笑道:"这确实是一首好诗,我也很喜欢。"

他问:"此诗好在哪里?"

我答道:"好在'萧萧'和'滚滚'这两个词用得好。落叶飘零,萧萧而下;不尽长江,滚滚而来。形象地写出了秋天肃穆萧杀、空旷辽阔的景色,一句仰视,一句俯视,充满萧疏跌宕之气。在写景的同时,也写出自己感伤的思绪,表达出韶光易逝、壮志难酬的凄怆。透过这精美诗句,显示出诗人有着出神入化的笔力,堪称独步古今,句臻化境,不愧为诗圣。"

小正太的眼神有些惊讶,他没想到我竟然如此懂诗。

他急于知道我是谁,马上问道:"请问姐姐贵姓高名?"

我答道："我叫薛涛。"

"啊！姐姐原来就是大名鼎鼎的薛校书，久仰，久仰。"

"不必客气，我还没有请教你的大名呢。"

"小可姓杜名牧，字牧之。"

啊！他就是杜牧。我也吃了一惊。连忙说道："真没想到你我竟会在这里相遇，我也久仰你的大名呢。"

哈哈哈，小正太一边笑一边说："我年少轻狂，风流不羁，没什么好名声。姐姐怎会得知我名？"

我答："'十年一觉扬州梦，留得青楼薄幸名'。风流小杜，谁人不知？谁人不晓？"

小杜说："可惜世人只知道我风流，却不真正了解我这个人和我的诗。"

我说："我了解你。你出身于名门世族，家里世代为官。你祖父杜佑是三朝宰相。正因为你出身高贵，所以沾染了些贵公子的习气，喜好声色，风流放纵。但你并非不学无术的纨绔子弟，而是个多才多艺的少年才俊，熟读经史，饱览群书，善书画，能作诗，尤其擅长作咏史诗。"

小杜说："我确实写过许多咏史诗，姐姐喜欢哪一首？"

我说："我觉得你那首《赤壁》写得最好。"

> 折戟沉沙铁未销，自将磨洗认前朝。
> 东风不与周郎便，铜雀春深锁二乔。

小杜说："此诗是我的得意之作。但世人褒贬不一，有人认为这首诗写得不好，说我不问社稷存亡，只恐锁了二乔。我这首诗究竟好与不好，还望姐姐能指点一二。"

我说道："写诗之要在于灵活巧妙。历史上的赤壁之战可以从不同侧面去写。你这首诗含蓄委婉，不直接写东吴的存亡，只说东风不与周郎便，铜雀春深锁二乔，以两个美女的安危象征社稷命运，真可谓以小见大，别出心裁。诗非史论，不好展开，何况绝句仅有四句，更难尽述。你却能以这区区四句诗，写出恢宏的赤壁大战，社稷存亡已概括其中，立意之妙，令人叹服！"

小杜高兴得鼓掌叫好，连声说："妙！妙！我的诗妙，姐姐的点评更妙！姐姐真是我的知音。"

我说："你别太高兴，我不想吹捧你，你的咏史诗也有写得不好的。"

"哪一首写得不好？"小杜问道。

"那首《题乌江亭》就写得不好。其诗云：

　　胜败兵家事不期，包羞忍耻是男儿。
　　江东子弟多才俊，卷土重来未可知。

试想：楚霸王项羽率领江东八千子弟渡江，因刚愎自用，不听范增忠言，导致兵败乌江，全军覆没，无一生还，他已经失去了人心，有谁还肯复附之？如何还能卷土重来？此诗立意不高，直白浅显，远不如那首《赤壁》。"

小杜脸上的笑容没有了，玉面变成了红脸。看来谁都喜欢听拍马屁的话，不爱听批评的话，他也不例外。

我问道："你是不是不高兴了？"

"我没有不高兴。"小杜脸上又现出笑容，但笑得有些勉强。

他又说道："姐姐说得非常有道理，我是心服口服。你是个懂诗的人，难怪诗人们写了新诗之后都想先给你看，因为你的眼光确实很独到，评论也很精辟，真不愧是才女。"

我说："行了，别再夸我了。"

闲聊间，不知不觉游船已经快要到达巫山峡了。两岸峭壁奇峰巍峨险峻。我正在欣赏沿江美景，忽然江上涌起一道波浪，游船摇了一摇，我的身子不由自主地歪靠在小杜肩上，小杜趁机用手搂住我的香肩。

我脸一红，赶紧挣开他，坐正了身子，假嗔道："光天化日之下你竟敢对我无礼，难道不知道男女授受不亲吗？"

小杜嬉皮笑脸地说："姐姐莫怪小弟无礼，你太有魅力了，我一时冲动搂了你，下次不敢了。姐姐实在太美了，你那闭月羞花之貌无人能比，堪称大唐花魁。"

我羞涩道："不带这么夸人的，我真有那么美吗？"

小杜说道："姐姐不必谦虚，你人美诗更美。世人对你的诗评价极高。你写的诗，若李白见之，亦当低首；元白之流，须当停笔。连我这心高气傲之人也十分佩服你的诗呢。"

他真会说奉承话，这样的抬高未免过分。但他奉承我，说明他喜欢我。我心里想：大唐的才子们一个比一个更帅，也一个比一个更风流。没办法，男人都是这样，好色是男人的本性。这个小杜初次见面就敢对我进行性骚扰，果然名不虚传，确实是一个花花公子。但我并不反感他，被绝世美男搂一下，那种感觉还挺奇妙的，令我回味不已。

小杜本是风流种，风流人擅写风流诗。他在诗里写过许多古代美女，比如"细腰宫里露桃新"的桃花夫人；"落花犹似坠楼人"的绿珠；"一骑红尘妃子笑"的杨贵妃；以及"铜雀春深锁二乔"的大乔小乔，个个都写得明艳照人，鲜活生动。大概也只有他这样的风流人物才能写出这样惊艳的诗句吧。

我与小杜此番萍水相逢虽然很短暂，但却彼此印象深刻，难以忘怀。后来小杜游白苹洲时又想起了我，心中感念，于是以白苹洲为题赋诗一首，寄赠给我：

山鸟飞红带，亭薇拆紫花。
溪光初透彻，秋色正清华。
静处知生乐，喧中见死夸。
无多圭组累，终不负烟霞。

我读了他寄给我的诗之后，当即也写了一首诗回赠给他：

双鱼底事到侬家，扑手新诗片片霞。
唱到白苹洲畔曲，芙蓉空老蜀江花。

## 四十三 高唐访道

船行至巫山峡，两岸峰峦叠嶂，峭壁千仞，气势雄伟，奇秀多姿。远远望见山峰之上有一座道观隐现在云雾之中，那就是高唐观，也叫高唐庙或神女庙。

我告别小杜，下船登岸，迤逦往山上行去。

行了多时，上得山来，进入高唐观，见里面有一道士，生得面貌清癯，仙风道骨，正坐在桌前看书。

我上前施礼道："小女子这厢有礼了。"

那道士抬头看了看我，把书卷放在桌子上，开口道："姑娘无须多礼，请坐。"

道士指了指旁边的座椅。

我侧身坐了下来。

我问："请问道长尊号如何称呼？"

道士说："贫道乃扶素是也。"

我又问："敢问扶素道长是这里的住持吗？"

"非也，我乃一游方道士，云游至此，在此暂住几日。"

我问："道长游历四方，一定到过许多名山胜境吧？"

扶素道："道教有十大洞天，贫道现已游历了五处，来日定当游遍仙山，遂吾平生之愿。"

我问："何为十大洞天？"

扶素说："十大洞天是道家的仙山福地，修道者栖身之所。计有王屋山洞、罗浮山洞、西城山洞、西玄山洞、青城山洞、赤城山洞、尾羽山洞、句曲山洞、林屋山洞、括苍山洞，共十处。"

我道："原来如此。"

扶素看了看我，说道："我观姑娘姿容清雅，举止不俗，绝非等闲女子。可否告之芳名？"

我说："小女子姓薛名涛。"

"原来是薛校书，久闻你的诗名，你是当今有名的才女。"

我连忙说："不敢当，不敢当。"

扶素说："我在出家前也曾是个文人，尤其喜好写诗。因为参加科考落第，厌世而修道。但仍喜欢与同道好友交流诗文。韩愈、柳宗元、刘禹锡、白居易、元稹等人都曾是我的好友。"

我说道："我和元稹、白居易曾经有过交往，不知扶素道长对这二人有何评价？"

扶素说道："元稹与白居易齐名，人称元白。若论诗，二人旗鼓相当，不分伯仲；论人品，白居易略胜一筹。元白二人虽然全都风流好色，但白居易为官清正，敢言直谏。而元稹则一心只想向上爬，趋炎附势、缺少傲骨。"

我说道："元稹的功利之心太重，把主要精力都用在了官场角逐上。虽然官位不断升迁，但写诗的水平却未能进一步提高。如果他不贪求做高官，只做个平民诗人，他的诗会写得更好。"

"薛校书所言极是。"扶素表示赞同。

"当今的诗人，我最佩服刘禹锡。因为他不但诗文好，而且为人谦逊，有君子风度。"扶素说。

我接口说道："我对刘公印象也很好，我与他曾经有过一面之缘，酬诗唱和，彼此惺惺相惜。"

扶素说："前不久，刘公也曾来过这里，他知道你曾写过《谒高唐庙》一诗，特与你唱和一首，并题诗于壁上，请过目。"

扶素用手一指墙壁。

我顺着他的手指往壁上观瞧，墙壁上果然题诗一首：

巫山十二郁苍苍，片石亭亭号女郎。
晓雾乍开疑卷幔，山花欲谢似残妆。
星河好夜闻清佩，云雨归时带异香。
何事神仙九天上，人间来就楚襄王。

扶素向我讲述："当日刘公在壁上题诗后，有个与他同来之人称赞道：刘公诗，胜薛涛。刘公却说自己这首诗不及薛涛。那人问哪里不及薛涛？刘公答，薛诗前两句'乱猿啼处访高唐，一路烟霞草木香'就颇为精妙，比我的'巫山十二郁苍苍，片石亭亭号女郎'入手为高，薛诗后几句惆怅怀古，写景喻人更是神来之笔，而我的诗只是泛泛之词，不及薛诗寓意深远。"

我说："刘公太谦虚了，其实他的诗胜于我。"

扶素道："薛校书也不必过谦，你的那首诗语句精妙，寓意内蕴，发人深思，启人悟道，你看这句'惆怅庙前多少柳，春来空斗画眉长'，意思是春天来了，庙前的柳叶欲与女子的画眉一争短长，表面上看似在写景，但妙在一个'空'字，争来斗去终究是空，何必去争斗？道家讲究清静无为、与世无争，这句诗正符合道家学说的精要。"

我说："我自己当时却没想到这层含义，扶素道长这一解释倒叫我茅塞顿开。不过若论与世无争，白居易有首诗写得更妙：

蜗牛角上争何事？石火光中寄此身。
随贫随富且欢乐，不开口笑是痴人。

仔细想来，我们人类栖身的寰球与无边宇宙相比，就像蜗牛角一样狭小。人的生命与无限时间相比，就像电光石火那样短暂。寄身世上能几时？何必费尽心机争名夺利呢？到头来什么都带不走，倒不如快快乐乐去做自己喜欢的事情。"

扶素道："这首诗表现了诗人豁达的情怀。白乐天虽在朝为官却信奉佛教，是一位居士，因此他的诗有林泉之风。"

"请教道长，佛教与道教有何异同？"我问道。

扶素答道："佛道两教都讲'求解脱，了生死'，不同在于佛教重来世，希求来世往生佛国净土；而道教重今生，认为今生通过修炼即可参悟大道，羽化成仙。"

"今生真能修炼成仙吗？"我表示怀疑。

扶素一笑道："世人都晓神仙好，只是富贵荣华、娇妻美妾全都忘不了，所以世上的凡人无人能修成神仙。"

"有没有能在今生得道成仙的世外高人？"我问。

"有，但极少。"

"我怎么连一个都见不到？"

扶素道："那些世外高人是不会让你看出来的，他们表面上与普通人无异，普普通通，平平常常。所不同的是他们已悟得忘我玄机，内心清净，不染俗尘，身在红尘之中，思飘大化之外，宛如庄周梦蝶，虚无缥缈，恬淡超然。"

我问："做神仙有什么好处吗？"

扶素道："这就是凡人与仙人的不同。凡人做事总要先问有何好处，无利不起早。做神仙没什么好处，既无名，又无利，那只是一种境界，一种无忧无虑，自在逍遥的境界。"

我问："听说做神仙可以消灾免劫，长生不死，是真的吗？"

扶素道："得道的仙人一样也会遇到厄劫，经历生死，不同之处在于：凡人面对厄劫和死亡时会感到痛苦和恐惧，而仙人则能坦然面对，泰然自若，没有痛苦和恐惧的感觉，因为仙人心已解脱。"

我又问："如何才能成仙？"

扶素答道："若说成仙难，确实千难万难，若说简单，的确也很简单，只有两个字——忘我。"

我说："说来简单，做起来却难，世上有几人能忘我？"

扶素又道："世人都把'我'字看得太重，殊不知肉身的我其实只是幻象，数十载光阴过后终会灭失，所以没必要把它看得过重。在仙人看来，千年不过一梦。"有诗云：

　　仙界一日内，人间千载穷。
　　双棋未遍局，万物皆为空。


我与扶素闲聊了一阵，不觉天光渐暗。我起身正欲告辞，忽听一声雷响，外面纷纷扬扬下起了雨。

扶素说："下雨天留客，看来薛校书一时半会儿无法下山了，权且在这里多待一时，等雨停了再走吧。"

我抬头看了看窗外的雨势，说道："看来也只好如此了。"

无意之中,我的目光扫向放在桌上的书,随口问道:"道长刚才看的是什么书?"

扶素拿起桌上的那本书,说道:"这是一本东汉魏伯阳撰写的《参同契》,乃我道家论述炼丹之术的经典名著。"

说罢,他伸手将书递给我。

我随手翻看了几页,说道:"我对道家炼丹术早有耳闻,据说服食道家炼的仙丹后可以延年益寿、返老还童,我对此很感兴趣,很想一窥其中奥妙。扶素道长可否将这本《参同契》借我一阅?"

扶素说:"你若喜爱此书,就拿去看吧。"

他迟疑了一下,又道:"薛校书可闻王右军以字换鹅之事?"

此事我曾听闻。王右军就是王羲之,一日,他见山阴道人养的鹅肥肥壮壮,甚是可爱,心里喜欢,便欲掏钱买鹅,山阴道人提出让他以字换鹅,王羲之欣然命笔,为山阴道人抄写了一篇经文,以此换得两只肥鹅。现在,扶素大概是想用这本《参同契》换取我的书法。于是我请扶素道长找来纸和笔,挥笔写下一首诗:

锦浦归舟巫峡云,绿波迢递雨纷纷。
山阴妙术人传久,也说将鹅与右军。

写完之后,我递与扶素,扶素看后大喜,说道:"薛校书的书法与诗俱佳,能得到你的手书墨宝乃我之荣幸,那本《参同契》就赠与薛校书了。"

## 四十四 琴箫合奏

游完巫山，访过高唐，我又回到成都，回到浣花溪畔。

池塘边的菖蒲已长高，氤氲的香气飘散在空中，清芳弥远。一阵微风拂过，飘落的花瓣盘旋而下，绚丽斑斓。有一只彩蝶在花丛中轻盈曼舞，仿佛是在流年光影中穿梭的精灵。

我独自一人盘膝而坐，拨动琴弦，轻声唱出一曲《蝶恋花》：

> 绿绮瑶琴轻奏起。
> 一曲离歌，不尽相思意。
> 零乱残花飘满地，
> 缤纷飞舞风尘里。
>
> 往日情缘存记忆。
> 穿越千年，旧梦难寻觅。
> 沦落天涯无知己，
> 红颜寂寞愁无际。

不知不觉，夜幕悄悄降临，远处忽然飘来一缕乐声，和着我的琴韵，飘飘忽忽，若隐若现。我侧耳细听，那乐声好像是一管洞箫发出的声音，幽幽袅袅，由远而近。

这箫声我怎么听着这么熟悉，难道是他？

月光下，出现了一个朦胧的身影，背对月光，我看不清他的容颜，只看见他身上披着一圈月光映照的光环，宛如仙人，正在手持洞箫，轻轻吹奏。

我按住琴弦，不再弹拨，专心听那箫声。

箫声低回婉转，似有似无，几个回旋之后，箫声渐渐变得清晰起来，好像是那吹箫之人一边吹，一边徐徐行近。

我举目观瞧，见一个黑衣人已经行至近前。晚风吹起了他的长发，显得飘逸而生动。

那箫声忽然由低沉变得高亢激昂起来，洞箫发出的清冽之声犹如溪泉飞溅，又似珠落玉盘，让我能够感觉得到，吹箫人此时心绪激动。

也许是受到他的感染，我的情绪也变得激动起来，随手拨动琴弦，叮叮咚咚一连串音符如奔流之水，流淌着涓涓的情丝，倾诉着积郁的思念。

琴箫之声此伏彼起，接续往还，交相辉映，悦耳动听，仿佛关雎鸟语，鸾凤和鸣。

曲调变得越来越高，越来越高，当高到不能再高时，我的琴音骤然停顿，他的箫声也戛然而止，霎时间周遭一片寂静，我立身而起，站在他的面前。月光之下，两条清影迎面而立。

我说："让我看看你的真容吧。"

他慢慢揭开蒙面黑巾，露出一张无比英俊的脸。只见他，两道剑眉飞扬入鬓，一双俊目炯炯有神，玉面生辉神采奕奕，英姿飒爽气贯长虹。

这不是王灏，还能是谁？

我嘤咛一声扑了过去，投入他的怀中，紧紧地抱住他。

他也张开双臂抱住了我，我们紧紧相拥在一起，久久都不愿松开。心中虽有万语千言，此时却都无语凝咽。

良久，我才抬起头来看着他，问道："你为什么一直在暗中跟随我？"

他答："因为我爱你，所以我要一直守护你。"

我问："你在成都做韦皋的部将，为何后来也到了松州？"

王灏说："韦皋怀疑我与你有染，因此在你被罚到松州之后不久，韦皋也借故把我罚到陇南充军。在去陇南的路上，我因为不放心你，半路偷偷逃出来，去松州找你。由于我是逃犯，所以不敢公开露面，只能在暗中保护你。"

我又问："那驻守松州的王将军，他又是谁？"

"那是我的胞弟王俊，现在他仍然在松州驻守。"

我说道："怪不得他和你长得一模一样呢，原来你们是一对双胞胎兄弟呀。我当时把他当成是你了，我向他求爱，他拒绝了我，让我好伤心。"

王灏笑了，说道："弟弟知道我喜欢你，他当然不敢接受你的爱了，否则我饶不了他。"

我又问王灏："当韦皋欲非礼我时，你出手吓阻了他。但在元稹与我交欢之时，你却为何不阻止了？"

"因为情况有所不同，韦皋是强迫你，所以我要阻止他。而元稹与你互有好感，两相情愿的事情我就不便阻止了。"

我问："假如我真和元稹好了，你心里会不会难过？"

"我会难过，但我不会干涉你们，只要你能幸福就好，我会在心里默默地为你们祝福。"

"傻瓜，我心里真正爱的人是你啊。"

我想要的是纯洁的真爱，是一心一意的挚爱。元稹是个朝秦暮楚三心二意的风流浪子，只知道玩弄女性，根本不懂什么是真爱，所以我是不会要他的。我虽然曾被爱情伤过，痛过，但是我从未因此放弃对那份真爱的憧憬和追求，当这份难得的真爱来到面前时，我会倍加珍惜，再也不会轻易放弃了。现在我知道，王灏才是我今生的最爱。

我又问道："我曾失身于元稹，你会不会心存芥蒂？"

王灏说："你放心，我不会介意的。我想得到的是你的心。只要你真心爱我，在我眼里，你依然是个纯洁的姑娘。"

真没想到，在那个封建的年代，他竟然有如此宽容大度的胸怀，实在太难得了，叫我怎能不爱他。我又投入到他的怀抱，把脸紧紧贴在他的胸前。他那厚实的胸膛，宽阔的肩膀，让我感到可靠、安全、踏实。

元稹与王灏长得都很帅，但却属于两种不同的类型。元稹的帅属于书生型的秀雅之美，带些脂粉之气，像个奶油小生；王灏的帅属于武士型的阳刚之美，充满英雄豪气，是个英俊武生。相比之下我还是更喜欢英气勃勃的王灏，这才是纯爷们儿。

王灏说道:"你曾经说过,羡慕范蠡与西施,携手隐逸,泛舟五湖。那么,你愿意和我一起归隐江湖,浪迹天涯吗?"

我答道:"我愿执子之手,与君四海同行。"

经历了风风雨雨,如今我已厌倦红尘,不恋世间繁华。唯愿相伴知己荡舟去,云水烟波任遨游。闲看四季花开花落,漫随天边云卷云舒,快意人生,笑傲江湖。

什么荣华富贵,什么名利得失,神马都是浮云。

月朗风清,碧空如洗。我又拨动琴弦,他又吹起洞箫。

琴韵婉转,箫声悠扬,一曲《凤求凰》,好似一问一答,和谐默契。这琴音起处,凰飞九霄,仙姿缥缈;那箫声来时,凤舞云外,自在逍遥。

高山流水,一曲知音。无需任何语言,情思爱意都已融汇在这琴箫合奏之中。我别无所求,只想学鸳鸯,与他朝夕相伴,一世相守。

  双栖绿池上,朝去暮飞还。
  更忆将雏日,同心莲叶间。

星移斗转,夜色阑珊,琴箫之声渐行渐缓,渐悄渐减,最后恬淡清远,一片寂然。无边的空灵充盈于夜空。我与王灏相依相偎陶醉于梦乡。

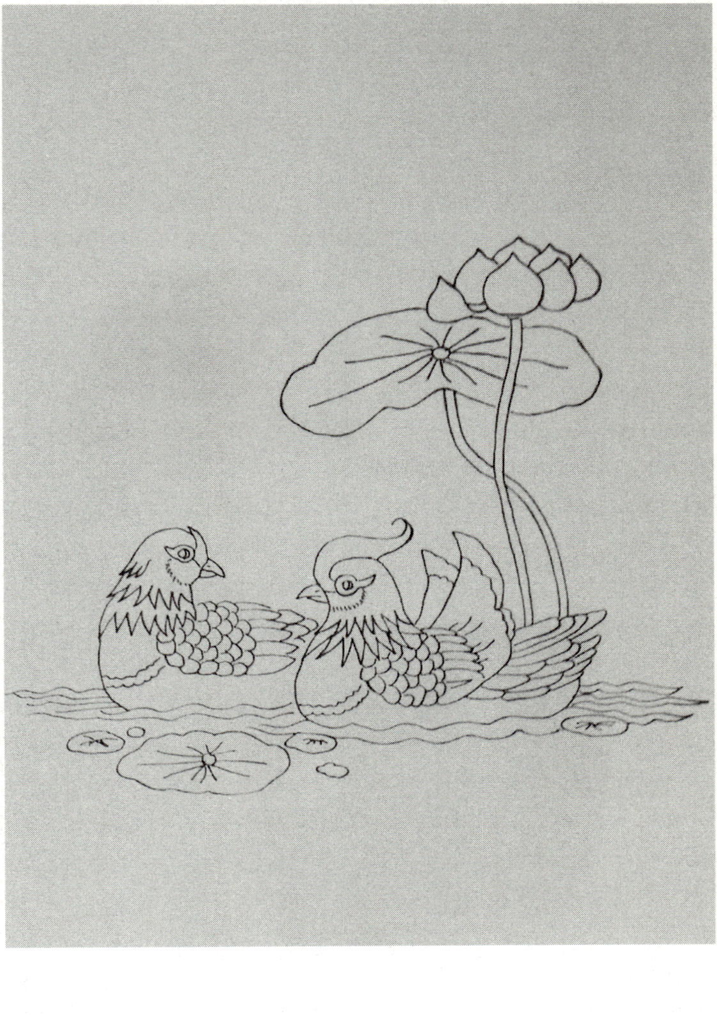

## 尾声 梦醒时分

清晨，一缕阳光照在我的脸上。我翻了个身，慢慢睁开惺忪的双眼，发现自己躺在一张柔软的席梦思床上。

举目四顾，屋里的一切似曾相识，恍然是我 21 世纪的家。

再看自己，身体发生了奇异的变化，如云的长发没有了，高挺的双峰也不见了，我又变回了男儿身。原来，我所经历的一切都是一场梦幻，一觉醒来，昨夜的梦境已成泡影，消散无形。

窗前飞来一只彩蝶，双翅轻舞，栩栩翩然，仿佛穿越千年流影跟随我来到今世。我有些迷茫，不知是我做梦穿越到唐朝变成了薛涛，还是薛涛做梦穿越到 21 世纪变成了我？梦中光景如镜花水月若有若无，似真似幻。

苏东坡诗云："人似秋鸿来有信，事如春梦了无痕。"

百年岁月如春梦，一枕黄粱半浮生。梦残灯烬时，悠悠万事了然无痕。且随缘来去，莫问是梦是醒。既然我已告别唐朝，又重新回到 21 世纪，就再潇洒走一回，尽我今世的努力，快乐逍遥安度此生吧。

曼妙琴箫渐悄声，舞阑歌尽影朦胧。
风花雪月原一梦，尘世烟云过眼空。